黄朝亮 汤琰 恋上一滴泪 ◎著

给19岁的我自己

上海社会科学院出版社
SHANGHAI ACADEMY OF SOCIAL SCIENCES PRESS

题记:

如果可以重来,19岁那年的青春,

我要回到那个充满阳光的清晨,

如果可以写一封信,给19岁的自己,

我想告诉自己:"傻妹,勇敢追爱去吧!"

第一章

我一觉睡到了下午一点。

葬礼是两点开始,我知道就算我现在从床上爬起来赶过去,最快也要两个小时,可我不愿意起来,我宁愿就这样在床上消耗一天,也不愿意去看晓枫的最后一面。

手机震颤了好几下,是冬冬发过来的,她没有打字,只直接发了三张图来。

在图片上,我看到的人都穿着肃穆的黑色衣服,每个人的手臂上都缠着一圈黑纱,看起来都很悲伤。

又过去二十分钟。

手机再次震颤了一下,冬冬发了一条简短的语音过来:"艺雪,你真的不来了吗?"

仿佛是突然清醒了一般,我的理智迅速归位,我连脸都没有洗,直接换掉睡衣套上一件黑色衣服就打车赶过去。

那是晓枫的葬礼啊,我怎么可以不去?

给19岁的我自己

这应该是我最后能够看到晓枫的机会了。我不能不去。

矛盾的心情，让我这一路都希望司机可以把车开慢一点。
但并没有。
今天并不是周末，而且也没有撞上上下班高峰期，路况良好，甚至连遇上一个红灯的机会都没有。
司机的心情本来不错，但见他要载的这个客人，也就是我，是去出席葬礼，上车以后还是礼貌地问了我是什么样关系的人去世。
距离葬礼现场越来越近，我的心跳也越来越快。
我还不敢相信我就要见到晓枫了，却是以这样一种方式，我开始为自己祈祷，希望待会儿在其他人面前能尽量保持礼貌和仪态，不要失礼，不要崩溃，不要让他们看出我的悲伤与痛苦，还有，我也会见到晓枫的妈妈，从前念大学的时候就总是听晓枫提起他妈妈，说他妈妈是一个体贴又温柔的妇人，这么多年来，把晓枫爸爸和晓枫都照顾得好好的。
晓枫还这么年轻就去世，他妈妈该有多难过。
"小姐，还有两个路口就到了……哦！"耳畔忽然传来一声巨大的碰撞声，我整个人被弹起，直直地撞上前面的靠背。
是出租车被人从后面追尾了。
我的额头传来一阵刺痛，司机回头问我有没有事，我摇头说没

第一章

有,他却惊讶地说一句:"天啊,你额头在流血!"我伸手摸了一下,手上沾了血,司机问我要不要掉头送我去医院包扎一下。

这一刻我变得无比清醒,我以为我不想去见晓枫的,也不想参加他的葬礼,我为什么要跟其他大学同学一样去见他最后一面?我又是为什么这么畏畏缩缩、不肯面对他已经离世的事实!

原来,我是因为太爱他,所以才会一直躲避,总妄想自己活在"他还活得好好,只是你们这辈子不会再遇到"的虚妄世界里,最起码这样,我还能偶尔从别人口中知道晓枫的近况,但今天以后,我就要告诉自己,又或者很多人都会告诉我,晓枫是真的死了,他永永远远地离开了!

我摇头说不用,什么事情都比不上我要赶去见晓枫的最后一面。

司机让我等他一会儿,他下车跟追尾的人交涉。我的脑袋一阵天旋地转,但我的意识还是清醒的,我推开车门,一步一步往视线的尽头走过去。正如司机所说的,我本来很快就到达葬礼现场的,没想到横生枝节,这最后十分钟的路程,出租车会遇上小车祸。

大概,是老天在惩罚我这么多年来都不够勇敢吧,我要是早一点出发,又或者干脆不来,就什么事都不会发生。

我的脑袋越来越晕,身边经过的行人都在诧异地看着我,他们对我指指点点,我的额头依旧痛得厉害。

给19岁的我自己

不行了,走路的速度太慢,我要赶紧跑过去了,晓枫,你等等我!

我顾不得疼痛,迈开双腿,努力朝视线尽头的方向飞奔。

你再等等我好吗?

我是上一周的时候知道晓枫出事。

王子喻像往常一样给我打电话叫我起床,我明明可以自己调闹钟,但他始终不放心我,仿佛我做什么他都一定要在旁边看着督促着才能安心。去上班的路上我也会在地铁上看到他,他以前会开车送我上班,我觉得不好意思也怕被同事瞧见,后来就说要自己坐地铁去。他不愿意我每天自己一个人去上班,跟我吵,跟我闹,最后却妥协地坐早上从终点站发出来的第一班二号线的地铁,然后跟我偶遇。

当然,我跟他并不是每一天都会遇到,地铁上遇不到,他就会在我要下车的那个站等我,然后把我送到公司楼下才肯罢休。

跟别人提王子喻,他们都说这样的男人已经难遇到,他们把他喻为绝版的"李大仁",完完全全二十四孝男朋友,连跟我一向关系不太好的父母都对他赞不绝口,王子喻的条件很好,他今年三十三岁,在一家互联网公司任高管,买了房也有车,不愁生活,就差成家了。

第一章

我知道爸爸妈妈现在唯一的心愿就是我可以赶快嫁出去。当初报考大学的时候我选了一个偏门的历史系，爸妈被我气得不轻，可我还是坚持自己喜欢的，大学毕业以后我却因为这偏门的专业找不到很好的工作，我不死心，想回去读研，这下我爸真的不让了，他把我塞到一个亲戚介绍的公司当文员，从此我过上很平淡的朝九晚六生活，工资不多，工作也不复杂，好像也没什么好埋怨的。

所以，在他们眼里，我这样的条件能遇到王子喻，简直是上天所赐的一份重礼。

但我又深刻明白，我并不会是他的"程又青"。

王子喻给我递来还热乎着的早点和装着热咖啡的保温杯，"咖啡等你到了公司再喝吧，不然会很烫嘴。"他有各种生活情趣，钓鱼很厉害，冲咖啡也有一手，可我却什么生活爱好都没有，大概……我除了钟情各种古玩古物之外，就只是梦想一个人去旅行，其他我真的提不起兴趣。

然而，我并没有时间去旅行，上班以后我仿佛失去了所有的热情，就算有一个简短的年假，我也只是宁愿宅在家看几天美剧。王子喻也一样，他平时工作很忙，就算有假期，也不会想去什么地方旅行，他认为旅行很累，只是一种花钱买罪受的行为。

这时手机蓦地一震。

是冬冬给我发微信了。

给 19 岁的我自己

"艺雪,莫晓枫死了!!!他在四川茶马古道工作的返程中发生意外,抢救不及时,失温死了!他跑遍世界,登顶了几十座雪山,朋友满天下,走的时候却是孤零零一个人……"

我感觉自己的头皮都要发麻,然后炸开。

像是有一个巨大的雷停在我头顶上方,"轰"的一声闪过,把我整个人给炸懵了。

我努力分辨这条微信是不是一个玩笑,可我又明白,冬冬跟我关系那么好,不可能拿这样的、晓枫的事跟我开玩笑,我的手指都在抖颤,打不出字我准备按语音,可眼泪先发制人掉下来,落在小小的手机屏幕上。

怎么可能……莫晓枫他死了?

王子喻看到我突然哭了,还以为我发生什么事:"艺雪,好端端地怎么哭起来了?怎么了?哪里不舒服?……你到底怎么了……"

我终于赶到葬礼现场,虽然接近尾声,但我还是来了不是吗?晓枫,你看到我了吗?我,阳艺雪,来了啊。

"阳艺雪!"我忽然听见有人唤我的名字。

"阳艺雪她来了!"

"天啊,她是怎么回事?额头上怎么有血?"

"喂,阳艺雪,你说一句话行不行?别那么吓人好吗?"

第一章

他们都在议论我,说话声此起彼伏,像一波又一波的浪潮,一会儿被拍上海岸,一会儿又迅速退下去。我感觉有人从背后拉扯我的手臂,是冬冬,她想用力把我拽回来,但我的双脚早已不听使唤,像是有人在背后推着我一样。

因为,我看到晓枫。

他那一张巨幅的黑白色照片放在那里,像是有一种神力一样,带着他的声音,召唤着我走过去。

"喂,阳艺雪,你过来!"

我好像真的听见晓枫这样叫我。我苦笑,真希望这个世界是有神明存在,能够让晓枫知道,我其实有多不舍他。

不知道是不是巧合,这一张照片还是我给晓枫拍的,其实我不太会拍照,直到现在也是,我只记得有一次李沁喊我陪她去上一节摄影课,刚好晓枫也在,老师让我们选一个同学作为模特拍照当作业交上去,我本来想拍李沁的,当时晓枫莫名其妙走过来,叫住我,"喂,阳艺雪,你给我拍一张吧,让我看看你的拍照水平有多烂……"

这个家伙,当时我心里想着,他长得再好看又怎么样,嘴巴那么毒!但我知道,我拿起相机给他按下快门键的那个瞬间,我的心跳忽然漏跳一下,他无比认真地看着镜头,嘴角带着淡淡笑意,眼睛也笑得弯弯,闪着亮晶晶的光。我错觉,他是在认真看我……

007

给19岁的我自己

现在想想，有种恍如隔世的错觉。

忽然，我看见李沁，她坐着轮椅，身后有人推着她走向我。十年不见，这个曾经在我们所有人眼中完美无敌的圣新校花，大学毕业以后嫁给一个容貌奇丑的富商，还替富商生下两个孩子，日子也过得很好，只是，十年前的一场意外，她从高空摔下来，命是保住了，双腿却再也没有知觉，下半辈子都只能靠坐轮椅度日……

这些年，我跟李沁已经没有联系，我也以为跟她再也不会遇到，没想到造化弄人，她变成现在这样，而我们再次见面是在晓枫的葬礼上。

她仰着头看着我，一副欲言又止的模样。

"艺雪。"她轻轻叫着我的名字。她又忽然安静了，她沉静的样子真美，经年的岁月浪潮好像从未在她身上发生什么变化，她只是看上去比从前成熟了一些。其他同学都在看着我们，然后，她伸出手，把手停在半空中，像是在叫我走过去一样。我也一阵恍惚，我是太久没有听到她这样温柔地叫我的名字，我分明记得，她想必也一样记得，她出事之前我们两人不相伯仲的针锋相对，互相打击，互相撕扯，是仇人的关系。

也许，她已经释怀了，我也不必紧咬着从前痛苦的回忆不放。

我上前两步，轻握着李沁的手，她的手很冰，仿佛很冷一样。

第一章

我弯下身,把耳朵贴到她嘴巴旁。

啪——

李沁举手就朝我的脸扇了一巴掌。我抬手捂着被打的半边脸,她倒好,脸上适时露出乐呵呵的笑容,仿佛刚刚打我巴掌的人不是她一样。她还是那么漂亮,细致到嘴边的笑容也特别迷人,但她的眼神充满恶毒。

"吓!"所有同学都在看着我们。

然而,没有一个人敢走过来,李沁虽坐在轮椅上,气势却无比逼人。

"阳艺雪,如果不是你,晓枫就不会死!他一定不会死!"

她失控地吼出这句话来,全场安静得我甚至可以听见自己搏动着的心跳声。我被她这句话震得连连后退,她像一个遇害者家属,而我,就是一个十恶不赦的杀人凶手!

她双目充血,脸色越来越狰狞可怖。

"你逃什么?这里谁不知道晓枫当年喜欢的那个人是你!而你呢,只是一只缩头乌龟!一次又一次地糟蹋晓枫的心意!"她的身体都在颤抖,她的声音震耳欲聋,我感觉我的身体已经被她一席话狠狠破开,成一块一块碎片。

我千疮百孔,我体无完肤。

李沁说的话,虽然偏激,但也不无道理。

给19岁的我自己

如果当年我接受了晓枫……他是不是就不会浪迹天涯！不会去茶马古道！也不会在路上发生让人扼腕的事故！

我再次感觉脑袋天旋地转。

我想我当时一定是很狼狈，额头在流血，半边脸也被打肿，头发散乱像一个疯婆子，李沁在无情地嘲笑我，笑着笑着眼角开始闪出泪花，"可是那又怎么样，晓枫不能起死回生……"

我的身体控制不住往后跌，突然，一双有力的手臂紧紧扶着我。

我回头，赫然看见一双伤心欲绝的眼。

她也正看着我，眼角的细纹有未干的泪痕。然后，她对我点了点头。

"你就是阳艺雪，对吗？"

晓枫的妈妈准确无误地叫出我的名字。

时间不知不觉溜走，我却依然静静站在原地。

"你的额头有伤，你跟我回家一趟？我帮你处理一下伤口。"

我有点恍然，因为我记得晓枫曾经说过，他的妈妈很会照顾人，晓枫小时候很调皮，经常把自己弄得一身伤，都是他妈妈给他包扎。"有我妈妈在，我都没去过医院。"他说这话的时候，还只有二十岁，好看的轮廓逆着一层毛茸茸的光，给我的感觉，既远又近。

第一章

我跟着晓枫的妈妈进门,我刚一坐下,她就开始给我擦伤口、上药、沏茶,她的脸色比下午的时候要好一些,我一开始有点尴尬,她看出来我的不安,点了一些让人安定心神的檀香。

香气缭绕,我忽然觉得心里安宁一些。屋子有点空荡荡,也安静,突然,晓枫妈妈说话:

"艺雪,请跟我来一下,我带你看看晓枫的房间。"

她也没等我回答什么,直接起身往晓枫的房间走去。像是感应到什么在召唤自己一样,我的脚步不听使唤地往前走去。

晓枫的房间比我所想的要干净、简单。

我忽然觉得有点害怕。我不敢走进去,我跟晓枫从未接近过,又哪里想过有一天可以有机会走进他的世界。

小小的单人间,墙壁是素净的奶黄色,让人看着觉得妥帖和舒服。墙壁中央还挂着一台单反相机,晓枫妈妈给介绍说这还是他考上大学他们给买的单反相机,后来晓枫找到工作后用自己攒到的钱买了几台新的单反,却跟着他在四川的路上发生意外一起没了。

这世间有太多太多难过的事,其中一件,我想就是"睹物思人"。

"艺雪,这一大柜子,里头都是晓枫很宝贝的东西,请你自己打开来看看吧。"

在晓枫房间的整面墙,是一个特别巨大的柜子,看上去跟这个房间完全格格不入。

我不知道这里面藏着什么东西，关于晓枫的，难道，也跟我有关？我看向晓枫妈妈，她只沉默地回我一个充满鼓励的眼神，我像一个探险家，误打误撞闯入晓枫的秘密基地，可晓枫，你到底藏着什么东西在里面？我为什么直到现在才能看到？

我深呼吸一口气，慢慢拉开这个大柜子。

乍看之下，柜子里放着有很多说不出名字、奇奇怪怪的东西，但晓枫很细心，他在每一件东西上都写着购买的地点时间还有心情。

例如当我拿起距离我最近的一个有着很久远历史的木偶，上面别着一张小卡片，是晓枫的笔迹：2010年购于越南河内，艺雪，越南的天气太热，我好想念你。

他在柬埔寨金边的某一个夜市上淘到一块质地很好的古玉，他写着：2011年2月，我在金边，这一块古玉我觉得特别适合你。

他也曾经在云南待过好长一段时间，每天穿梭游走不同的古镇之间，寻找历史遗留下来的物品，他是真的买了许多古物古玩回来，晓枫妈妈说其中有一件在空运中弄坏了，他发了好大的脾气：艺雪，现在是2013年7月，我在云南待了一个月，我找到很多古物古玩，我是因为你才对古物感兴趣，这几年也研究不少，有个一知半解了，什么时候能再见到你，好好跟你讨论一下……

第一章

"他自己也没想过东西会越来越多,所以他后来去淘了这个大柜子回来,把所有这些东西一件件放进去,每次回家全部拿出来擦拭一遍,而且啊,还特别小心,也不让我们碰,怕会弄坏……"

这时我才明白,原来思念一个人,可以做的事情有那么多:去她想去的地方,做她想做的事,把她的爱好,也变成自己的兴趣。

思念是一种很虚无的东西,是无形的也没有痕迹,但晓枫那么认真那么努力,让思念转化成有形物体,变成重量,一件一件安放在那里,我竟直到现在才发现。

是不是太晚了?

"艺雪,你可能很诧异我是怎么知道你的名字,那是因为,我从很早以前就认识你了。晓枫口中的你,他相机里的你,还有,他跟我描述的、他喜欢的那个你。"

他喜欢的那个我……我的视线已经完全模糊,我想只要我眼睛一眨,眼泪就会如泉水喷涌。

晓枫,你喜欢的那个我,到底是什么样的?

表面上那个没心没肺、率直烂漫的我,还是那个对自己喜欢的男生总是望而却步胆小如鼠的我?

你到底喜欢我什么?我到底有什么地方是值得被你喜欢的?!

给19岁的我自己

"他还给你写了很多很多的信,这孩子,每去一个地方就给你写信,一共九十九封,他全放在这木盒子里了。"晓枫妈妈把装着信的木盒子打开让我看了一眼,就将它放在我的手里。所有信件都整整齐齐地堆放到一块,最底下的信放了很长时间,信封早就泛黄。我看着这些信跟木盒子,有一种难以言说的感动,我的双手颤抖,木盒子像有千万斤重。

我是今天才第一次见到晓枫的妈妈,但她给我的感觉太熟悉,我想,她也一样有相似的感觉,我们虽从未谋面,但已经通过晓枫认识很久。今晚在晓枫的家里,在客厅,在他的房间,在看到他为我准备的一切的时候,我总有一种错觉,那就是晓枫还没死,他好像还在我们身边一样。

在今天之前,我从未想过有一天自己也是别人眼中的主角,我长得又不漂亮,读书又不好,当年一心报考历史系的时候也把父母给气得不轻,我那时只一心做自己认为对的事,完完全全没有料到最坏的结果会是什么样。果然,大学毕业以后我找不到好工作,我想继续读研,这次父母没有反对,因为他们两人已经对我彻底失望。

我也是跟王子喻在一起以后,跟爸妈的关系才有所和缓,因为他们对王子喻很满意,认为像我这么平庸的人日后能嫁给他是走了几辈子的好运。现在两老最大的心愿只有一个,那就是我可以赶紧

第一章

嫁出去,如果还拖着不结婚,连累自己也连累别人,就是不孝,跟犯法一样严重。

我慢慢走去地铁站,刚好赶上最后一班地铁。

地铁内已经没什么人,空荡荡的车厢,白晃晃的灯光,我直接坐在靠近门口的空位。坐下后,我深呼吸一口气,把晓枫以前写给我的信拿出来,在明亮的灯光下开始看起来。晓枫的字也写得很好,我看得出来,他每一封信都在用心写,细致到一笔一画,都带着他独有的深情。

我看的是他出事前写的最后一封信:

艺雪:

……写信这种老土的方式,也不知道会不会被你嘲笑,这是第九十九封了,再写一封,我将收手,因为我想家了……记得你和我说过,想走遍世界遗产,听听古老的故事。我想,这么好的梦想不该被遗忘。

所以,我去了莫雷诺冰川,到过耶路撒冷,踏上尼泊尔的沙堡。现在,我的面前已经是四川茶马古道了。

一路上的风景都很好,很干净,没有故事,也没有你。想过很多次你现在的样子,是不是还扎着长长的马尾辫。也憧憬过很多次我们相遇的画面,一定是天气刚好,

给19岁的我自己

> 气温适宜,不像现在,虽然伴随着第一缕曙光,还是冷得有些刺痛……

我明明还在地铁上,但眼前很恍惚地出现一个画面:晓枫在一个小旅馆的房间内,已经很晚了他还坚持坐在书桌前给我写信,手边放着一个飘着青烟的檀香,淡淡的香味让他更卖力地奋笔疾书。他双眼清亮,穿得很保暖,但其实也不觉得很冷。等到他终于写好这一封信,外面天光大作,视线尽头的雪山一角也慢慢显出轮廓,他平静地放下笔,伸了一个懒腰,走到窗前,不说话嘴角却带着温和的笑意……

车厢内已经没有其他人,这一次,我真的忍不住了,撕心裂肺地哭着,一边哭一边呼喊着晓枫的名字。今天,我为晓枫掉下太多眼泪,我知道,这些眼泪都是欠他的,当初我是一个胆小鬼,我不敢相信阳光优秀的晓枫会看上平凡存在的自己,这几年我们兜兜转转,一直在错过,终究连再见的机会都没有。

都是我的错!都是我一次次把晓枫给推出去的!

我再也没有机会站到他面前去,亲自跟他说一句,"对不起",还有一句,"我爱你"。

我爱你,晓枫,不论是十年前我刚刚念大学的时候,还是现在我已经二十九岁却仍然碌碌无为的时候,在大得找不到边的超市里

第一章

拣选日用品的时候，在拥挤的地铁车厢里被人推搡着的时候，在每一天重复家里—公司两点一线的乏味生活的时候，甚至，每次我看见一对对陌生情侣挽着手臂脸上荡漾着幸福笑容时，我都总期盼你会突然出现在我面前，带着我最熟悉的笑脸，眼角眉梢还是如最初相遇时那般充满阳光，像很多年前那样，几分温柔，又有几分恶作剧，叫我的名字："阳艺雪！"

你就在我的眼里，我的心里。

可是，我们明明在最美的时光相遇，我却一次又一次地逃跑，等到我终于幡然醒悟的时候，你已离我而去，竟不在人世。

有那么一刹那，我宁愿发生意外滑落雪山山谷的那个人是我，我从来都不曾体会什么叫作"切肤之痛"，现在我终于体会到，有一种痛，是你明明身体健康、毫发无伤，你却觉得痛不欲生，再也找不到一丝丝活下去的希望。

我的思绪忽然飘至十年前——我们所有人青葱无比的十九岁。

我看到了很多人的脸。

每个人的脸上都挂着清纯又干净的笑容，晓枫、李沁、冬冬、大猫、陈卫、周毅龙、李凯航……像是一个长镜头快速划过，他们的脸快速闪过，也像是地铁车窗外不停急速倒退的视频画面一样，而我的记忆也被带回过去……

第二章

我想，我曾经也有过无比骄傲的时候。

在我还不太懂得人情世故，也没有接触过太复杂的世界的时候。

我的记忆，复苏在爸爸知道我报考大学第一志愿填的是历史系以后，狠狠掌掴我的那一瞬间。

那是 2007 年的夏天，炎热、酷暑、风扇、西瓜……所有关于夏天的词语，多不胜数，而那时对我来说，那一年的夏天，只有不断的谩骂还有加重语气的叹息。

"我就是要读历史系！我就是喜欢研究历史文化，我对其他科目都不感兴趣了，我为什么一定要按照你们的意愿读金融经济？"

实不相瞒，十九岁时的那个我，脾气很倔强，跟我爸一样。

明明眼眶里含着热泪，也硬要梗着脖子不肯掉眼泪，就怕在我爸面前输掉气势。

然后，我被我爸打得半张脸歪掉，被打的位置火辣辣得疼，我

第二章

狠狠地用手捂住，爸爸并没有打算放过我，他很粗鲁地把我的胳膊扯开，手掌再次举高，这次越过头顶，仿佛是在积攒更多力气准备下一掌。

妈妈及时出现，把爸爸拉到她的身边。

"够了！不要打了！"妈妈狠狠地喝住他。

"我就是要打死她！"我的印象中，我上一次挨打是在十岁的时候，小时候的我很调皮，像个小男生，剃短短的头发，整天穿小男生的衣服，跟左右邻居的小男孩都混得很熟，有一次我们几个人跑到某一个邻居家院子里去，附近的人都认识我爸妈，自然也认得我，我们就趁那个邻居出门的时候，把他家树上的桃子一扫而空……

我报读历史系，并不是所谓的心血来潮，我高中文理分班念的是历史，整一个年级总共十二个班，选历史班的人勉强只能凑半个班，最后我们还要跟选政治的合成一个班。我不懂，学历史有什么不好，别人嫌它无聊又枯燥，每天都要死记硬背，我倒很好奇从前的人和事的发展跟过程，我也觉得背历史是一件很有趣的事。也就是从那个时候开始，我还没开始上课，却早早地对历史多了一份的偏爱。

我还热爱金庸，熟读古龙，我的偶像是武则天，我佩服她成为历史上受人推崇的一代女皇，我对历史的热爱一直都有增无减，我跟其他女孩不一样，她们的枕边书是琼瑶、张爱玲，我的枕边书统

给19岁的我自己

统都是历史类书籍。

"算了,让她自己决定吧,她要是日后后悔了,也是她自己的选择。"妈妈失望地看着我,说了这句话后,便不再理我。

我跟爸妈的冷战直到我要去圣新报到的那一天,都仍然没有结束。

到圣新大学报到的那一天,我也是自己一个人拖着两个巨大的行李箱过去的。

我以为我逃出去,是成长,更是一种历练,然而当我在大太阳底下转了差不多一小时,还是没找到我住的那个寝室楼的时候,我就有点苦恼跟迷茫。同学们都是爸爸和妈妈陪着一块儿来的,我一个人拖着两件大行李下了汽车,天气比预想中要热,我几乎中暑,也还是努力找了好一会儿的路。

那一刻,我也有想过给爸爸妈妈打电话,但我始终没有这样做。

他们看上去也很放心我,因为他们没有给我打过一个电话。

我在圣新走了一圈,终于找到女生寝室在哪儿。我好不容易拖着行李箱走到楼下,一个女孩从二楼楼梯飞快地冲下楼,我的额头立刻肿了一个包,她也被撞得五官都扭曲在一块去,这女孩当时理着一个很普通的水母头,厚厚的头发下,刘海平整得像是假发一样,

第二章

我跟她大眼瞪小眼，一时之间谁都没有要开口说话的打算。

这个人，后来成为我最好的闺蜜，她叫冬冬。

"同学，你是不是 203 宿舍？"

我愕然地点头，这女孩有未卜先知的能力？

"我叫董冬冬，冬天的冬，我刚刚报道缴费的时候其实排在你后面，看到你跟我是一个班，没来得及叫住你你就先走呢！"

我的脸再次红了起来，要是董冬冬知道我这一个多小时都在迷路，她会不会笑得下巴都掉到地上去？

后来我想，我遇到一个比我还要聒噪的女孩，当时我就有一种预感，我跟冬冬会成为很好的朋友！

她比我早找到宿舍，已经把所有行李搬到四楼，看我还有一个行李箱无辜地躺在楼下，立刻自告奋勇说要帮我一起搬上去。

我感激不已，用力点头："好啊！"

我们一起把我的第一个行李箱搬上去，又折回到楼下搬第二个行李箱，我们很有默契，她走在前面，面朝着我，我走在后面，负责拖着行李箱的底部。我们两人这样抬行李箱就都不会觉得吃力，然而，在我们快要到二楼的楼梯口时，冬冬打了一个喷嚏……

她不自觉地松开了手。

我的行李箱……以一种无比滑稽的姿态沿着楼梯滋溜地滚下去。

行李箱的弹簧被巨大的冲力撞开,我的内衣跟内裤率先飞了出来。

我一脸黑线。

"阳艺雪!"冬冬在楼上大呼小叫起来,那声量巨大,仿佛整个女三舍都听见了,"原来你的内衣跟内裤是大红色!"

几经艰辛,我终于来到203的寝室。

冬冬把门推开,我强烈地闻到阳光的味道,像柔软的绸缎,迎面扑向我。

我微微眯了一下眼睛。

这时,我注意到靠近门口下铺的那张床上,一个女生穿着运动型背心跟短热裤,在床上做着仰卧起坐,我第一眼确实没看清她的脸,但眼睛已经被她那一双修长的白皙的腿给吸引过去。

可能是在宿舍的原因,她很简单地把自己的头发给包起来,方便做运动。我突然觉得这样看新认识的同学很不礼貌,立刻移走视线,看向宿舍里属于我的那张空床。

我跟冬冬的位置还很空,另外一个舍友还没来,而那个做运动的女孩的位置,已经把东西摆得满满,俨然是一片小天地,摆放着各种各样的东西:厚薄不一的书本、女孩子专属的瓶瓶罐罐,还有一些很可爱的私人物品……

第二章

"我给你介绍一下我们203！因为这一届读历史系的人少得可怜，所以我跟你就被分配到大二舞蹈系学姐的这个寝室来了。"冬冬明明只比我早到一点儿，她却已经像是住了很久一样给我介绍203寝室，"这个在床上搞运动的就是李沁，我们圣新的校花！"什么？校花？我又重新把视线看过去，李沁听到冬冬说她，终于停下动作，很利索地从床上跳下来，走到我面前。

她脸色绯红，皮肤很水嫩，五官很立体像外国人，尤其一双眼睛水灵灵的，特别有神。她稍微休整了一下才伸出手来："你好，我是李沁。"她转过头瞪了冬冬一眼，"才跟人家第一次见面呢，就说我是笑话！"

"什么啊！"冬冬无比冤枉地大喊，"是校花！学校的校，花朵的花！OK？"

"冬冬的普通话就是不标准，你以后就会习惯了。"李沁比我还高一个头，我仰着头看着她，不得不从心底感叹，她确实配得上"校花"这两个字。

"还有一个叫做大猫的学姐，她还没回学校，"冬冬见李沁说完，迅速又继续刚刚的介绍，"我跟李沁以前也是读同一个高中，所以我很早就认识她了。"

我点点头。看她们两人刚刚说话的方式，果然是一早就认识的。

023

她们不再说话，只是安静地看着我。

我立刻反应过来，还没跟她们介绍自己："我叫阳艺雪，阳光的阳，艺术的艺，白雪的雪！"

夜晚，我在陌生的宿舍里，躺在陌生的木板床上，第一次尝试到什么叫作失眠。

明明，小小的四人宿舍，也像是一个很温馨的小家。

我想我还需要几天或者一个星期的时间才能慢慢熟悉这所学校。

而明天，我就真的要开始自己的大学生活，期待又不安，憧憬又忐忑。

"艺雪！快醒醒！"

第二天一早，我就被冬冬拍醒。

我也不知道自己是什么时候睡过去的，我夜晚一直没睡着，也不敢乱翻身，总怕会吵到舍友们。我刚睁开眼就看到她咧着嘴角对我笑，她的笑容跟窗外的太阳一样明媚和刺眼。我连忙下床然后刷牙、洗脸，李沁的床铺已经空掉，我问冬冬她去哪了，冬冬跟我说："她一早就出去了，不知道这次是跟哪个男生出去玩。"

我刷着牙，镜子里的我满嘴巴都是白色泡沫。

"校花嘛，约她的人都要预约和排队，她心情好的话会一天见几

第二章

个,心情不好就不去咯。"

真棒,我竟然跟圣新的风云人物住一个宿舍。我吐了一口水,拿毛巾擦脸。不过,这好像也没什么值得高兴的,风云人物的舍友,也没多有荣光。

冬冬一早把我喊起床是想带我去买一辆单车。她跟我说圣新实在太大,电瓶车又少又慢,要想每次上课都不迟到,靠电瓶车是绝对没戏。

"而且骑单车也很方便啊。"冬冬不断跟我宣传在圣新骑单车的好处,像在推销单车广告似的。

"但是我不会骑单车。"

"你不会骑单车?"冬冬吃惊,"我可以教你。"

在冬冬的劝说下,我也以为骑单车是一件很简单的事。

然而——

我错了!

学骑单车一点儿都不容易,也许是我太笨,又或者我注定跟骑单车这一项运动无缘。那天下午在圣新的 A 区教学楼前面的那块空地上,有一个女生,她笨手笨脚的,每次刚爬上新买的单车不到半分钟,她就会摔下来。

冬冬在一边气得直跺脚:"阳艺雪,你怎么这么笨?!"

她还好意思说我,原来她自己也不会骑单车,她很诚实地坦白,她只是会骑电动车。

"你不会骑单车,你干吗喊我买单车啊?"我欲哭无泪地问。

"我就是想你每天载我去上下课啊!"

"……"这一刻,我还能说什么呢。我这次好不容易爬上去,还很艰难地骑了一段小路……"哐当!"突然,我的单车不知道撞到什么地方,我的车头也没有摆正,车子再次不受我的控制,只那么一秒钟,又或者是三秒钟,我整个人被弹飞出去……也不是弹得很远,屁股先落地,所以屁股特别痛!

"董冬冬,你们在干吗?"

我颓废地跌坐在地,不想起来,忽然听见有人跟冬冬说话,冬冬没好气地回那人一句:"我舍友刚买了一辆新单车,我们在试骑。"

"怎么人就给摔了?"

"技术不是太好……"

"是她不会骑吧?"那人突然夸张地大笑,笑声震耳欲聋,"笑死我了,竟然还有人长这么大都不会骑单车!"

"陈卫!"冬冬气得跳脚,"我也不会骑单车,你这算把我也一起骂了?"

第二章

他们两人只顾着打闹,我揉着还在疼的屁股慢慢站起身,我看了一眼比我还要无辜的单车,我才刚把它买回来不久,它就被我折磨得……不成车形,我正准备把单车扶起来往女三舍走去,忽然有人伸出手来,用力按住单车的龙头。

我抬起眼,看到一双明亮如晨星的眼睛。

"喂,莫晓枫,你在那边干吗?"远处,传来另外一种男声。

这时,陈卫从远处小跑了过来,把莫晓枫拉到一边:"李沁不是在找你吗,你不去赴约?"

李沁?我没听错吧,是我们宿舍的李沁学姐吗?

听到陈卫的话,莫晓枫立刻皱起眉头。

"我不去,爱去你去。"叫作莫晓枫的,很快就把陈卫给打发走,他定定地看着我,然后抬了抬下巴,"你要不要跟我看一场比赛?"

"比赛?什么比赛?"我好奇地问他。

"花式单车表演比赛,很刺激很好玩的,你可以跟我去看。"他的口吻充满诱惑,"我有一个学长也参加这场比赛,特意给了我两张门票。"

他的眼睛亮晶晶的,似有人不经意往里面撒了一把星子似的。我被他说得也有去看一下的想法,但是,我不认识他啊,这样没头没脑跟他去看什么比赛,好像不太好吧。

冬冬这时跑过来,她好像被陈卫气得半死,抓了抓我的手臂,不耐烦地道:"阳艺雪,咱们不学骑单车了,回寝室去吧!"

我被她强硬地拖着拽走。

回头,莫晓枫一直停在原地看着我们。我抱歉地对他点点头,他看见了,很大度地对我挥手。

那时候,我还不认识莫晓枫。

我还不知道自己跟这个人,以后会发生什么样的牵连。

但当时我却还是能捕捉到他对女孩子表现出来的绅士和温柔,像一场毛毛细雨,远看瞧不见,但一旦走进雨幕中,就能立刻感觉得到。

他的一切,在当时的我看来,是那么遥远。

像是两颗运行轨迹平行的星球,各自相安无事地运转着,偶尔相遇,却不会有任何交集。

等大猫学姐从家里回来以后,我们203第一次全体出动到市区聚餐。

大猫学姐来自东北,人特别爽朗热情,直肠直肚的性格从不藏着掖着事情,她更像是我们三个的大姐姐一样。跟李沁不一样,大猫学跳舞,是因为她从前暗恋的一个男生喜欢跳舞的女孩。

当然,大猫学姐并没有追到她的男神,而这也不是什么悲伤的

第二章

故事，暗恋无果不过是许许多多人的青春里最平常稀松的一门课，要想拥有什么，就先懂得接受失去什么，要想快乐，就要学会承担一切的不快乐。

大概这样，才不会觉得那么遗憾。

我跟冬冬还有大猫一起去市区，李沁她跟学生会的人有活动，要晚一点过来。我们三个先点了一个鸳鸯锅，可是锅都烧开了眼看着水都要烧没，李沁始终没有过来。

冬冬为了今晚这一顿饭，可是连早饭跟午饭也直接略过的……眼下她是最火爆的那个人，气冲冲地给李沁打电话，问她死哪里去了，怎么能够罔顾舍友的性命！电话响了很久，李沁才终于接，冬冬还没来得及发作，李沁压低声音，支支吾吾地说："冬，你们几个赶紧过来，我们这边有点麻烦……"

李沁遇到麻烦了！

冬冬也说不清楚李沁在电话里说的话，大猫是最冷静的那个人，说我们三个立刻打的过去，等我们赶到李沁那边，远远地瞧见一桌子人在吵架，我们赶到的时候几乎都要动手打起来了。我们三个没经历过这样的场面，站在门口都不敢进去。

"要不，我们先撤？"冬冬吓坏了，一脸惨白。

"不能走！"我伸过脑袋往里面看了看，"跑是可以的，但一定得把李沁带上!"

李沁跟学生会的人就在里面,从他们断断续续的话我大概弄明白发生什么事情了:就是李沁他们是圣新的外联部,跟对面那帮商家要拉赞助的,但中间发生了一点事,那帮商家明明答应了又突然说不给外联部任何赞助,李沁他们就很生气,过来是要据理力争的,没想到商家们一口反咬是他们这些学生血口喷人……

"哐当"一声——

不知道是谁先推倒其中一张桌子,眼看着真的要打起来了,我想也不想就冲了过去,大猫想拉住我,没拉着。

他们有人开始互相撕扯,李沁的头发也不知道被谁扯了一道,痛得她眼泪直飞。

她几乎气哭,不是说好的来讲道理吗?怎么这帮人还大打出手了?

我也不知道是怎么闯进去的,有人掐我的手,还有人不小心打了一下我的屁股……现场越来越混乱,但我还是很努力来到李沁的身边。我伸过手,牢牢抓住李沁的手腕:"走啊!"

我们一鼓作气地跑,就好像在跑短跑一样,只有奋不顾身地往前冲,就不怕失败,就勇往无敌。

后来大猫告诉我,当时我拉着李沁冲出重围跑出来的瞬间,真

第二章

的帅毙了!

那次以后,我跟李沁的关系也突飞猛进,她用的东西都很讲究,有时候多买一些什么牌子的产品也分我一份,无聊的时候还愿意陪我跟冬冬上大一的课,她会主动跟我分享自己最近的体会:关于流行的,关于美容的,关于奢侈品等。

"艺雪,我送你一条手链吧!"那天下了课,李沁像变魔术一样的从包包里拿出一个包装很精美的盒子,她打开,给我亮出一条水晶蓝的手链。她眉开眼笑地冲我晃了晃自己的左手,我一直都知道她的左手也戴着一条跟送我的一样的手链。

"这,会不会太贵重了?"

"你要是把我当朋友,就收下,然后戴在手腕上!"

我从一开始的手足无措,到后来慢慢让自己努力习惯。

哇噻,我跟校花做朋友了!这真的是一件很拉风的事情,然而,我也有深深的不安,跟李沁做朋友,确实是一件压力很大的事,走在她的旁边,我愈发感觉自己就是一只丑小鸭。

虽然,李沁好像从来不介意。她还教我化妆,教我健身,她告诉我,女孩子减肥不能只是通过不吃饭,我灵光一闪,摇晃她的手臂:"那从明天开始,我们一起早起去跑步?"

李沁摇了摇头,"你可以早起啊,我就不用了吧。"她懒懒地说,"美容觉也是很重要的,我现在不用通过运动来减肥。"我看了看人

给19岁的我自己

家那魔鬼一样的身段,又看了一眼自己的,默默地调好闹铃,开始制订每天早起跑步的计划。

闹钟铃响了。
谁也不能相信,我真的能坚持早起跑步这件事,连冬冬也觉得不可思议:"阳艺雪,我真的小看你了。"说完这句话,她翻个身又继续睡去。我跟她做了一个鬼脸,洗漱好就一身清爽地出门跑步。
一圈,两圈,三圈……
空气里荡漾着淡淡的花木草香,我用MP4听着歌,里面放的都是当时很流行的口水情歌,阳光开始热烈起来,到处一片生机勃勃,校园里各种绿色植物也被照得愈发绿油油。
我又终于可以自己一个人,一个人跑步,一个人听歌,一个人流汗……一个人看着视线尽头的天空,从灰蒙蒙过渡到鱼肚白,再从鱼肚白变成淡蓝色、湛蓝色……
天空越来越明亮,我的心情跟着天空一样明亮起来。

咔嚓——
右耳的耳机忽然掉下来,我好像听到有人在我背后拍照的声音。我连忙顿住,回过头去,却一个人影都没瞧见。
金色的斑驳的光影打到我身后的跑道上,我抬头,后知后觉看

第二章

见圣新的树木已经泛黄。一眨眼,秋天就来了。

不动声息的,却温柔似风。

我忽然想到冬冬总是在我耳畔吓我:"阳艺雪,耳机不要戴太多,小心以后成聋子!"

冬冬的话虽然吓人,但我也觉得很有道理,这不,我都出现幻听了……

我立刻扯掉耳机,往女三舍的方向跑回去。

回到 203 寝室的时候,冬冬、大猫跟李沁她们三个人已经起来。

大猫出去了,冬冬跟李沁在寝室。

温和又舒服的阳光透过窗户懒懒地晒进这个房间。

整个寝室被温柔的阳光填满,光线十分明媚,空气中到处弥漫着日光晒过的味道。

冬冬最近不知道撞的哪门子邪,开始学起手冲咖啡,不过以我这个门外汉看来,冬冬技术还是不太行,我不过是跑进门道个早上好,她就把咖啡从壶里撒了出来,掉落到刚刚还是她自己拖过的地板上,她一看咖啡掉地上了,忍不住尖叫起来,把刚将一块面膜敷到脸上去的李沁给吓住了。

"冬冬,大早上的你怪叫什么?!"李沁立刻从床上弹坐起来,她的指甲油没涂好,嘴角有埋怨的弧度,冬冬立刻嬉笑着过来抱了抱李沁，讨好地说了一声"对不住啦我们美丽可爱又善良的校花小姐"，然后飞奔去找拖把清理地上的咖啡渍。

这时我还瞅到李沁昨天才刚整理过的书桌上，又新堆了好几封情书跟一些还没拆开的毛公仔礼物，李沁把脸转来，跟我打了一声招呼："艺雪，你现在每天一早都起来跑步，快点去称一下体重，这里有一个别人送的体重秤。"

说时迟那时快，我已经手脚麻利地脱掉外套跟裤子，还有鞋子，准备踩到体重秤的时候我又忽然想到，鼻梁上的眼镜也得摘！

好了，一切准备就绪，寝室的人也都在看着我。乖乖的，跑了这么久的步，最起码也得给我减个四五斤吧！我深呼吸一口气，像一个英勇就义的烈士，站上体重秤。

指针立刻朝右边的方向摆，我刚好没戴眼镜，连忙喊距离我最近的冬冬帮忙看："53啦！"我一听，欲哭无泪："我足足跑了一个小时，没有吃饭也没有喝水，怎么这指针跟昨天的还是指的一样位置！是不是坏了？"

李沁一听，用手拍了拍脸上的面膜，回一句："没事，哪天我让哪个蠢货送一个新的体重秤过来。"

冬冬连忙补道："女人就该长点肉才性感。"

我忍无可忍："闭嘴，不要再暗示我肉多！"

第二章

冬冬乖巧地点头："好的，肉弹。"冬冬终于清洁好地板，把壶里剩下的咖啡热着，准备喝起来。

我正准备跟冬冬生气，寝室的门忽然被人推开，大猫刚走进来就差点被李沁放在门口附近的一桶衣服给绊倒，她一看那桶里堆积着的脏衣服，吓得尖叫了一声。

她这一尖叫，把我们仨都吓着了。

李沁的指甲油涂多了去，冬冬也被刚喝到的咖啡烫到了嘴。

"李沁！你这一桶脏衣服放了都一个月了！你还不去洗？！"

李沁特别无辜地擦掉涂多了的指甲油："可我都有换水啊。"

大猫气炸："你以为你在养鱼啊？还换水！"

当然，我自己都觉得，作为圣新的校花，作为很多男生心中的女神，李沁经常堆积脏衣服不拿去洗是非常不正确的，但是我又觉得既然我们几个都住同一个寝室，舍友之间互相关爱也是很应该的。

我本来今天也打算多做点运动，毕竟体重秤上的数字深深地打击到我："这些衣服我帮李沁处理吧，体重秤，你们谁有空去多买一个？"

也许，体重秤是真的坏掉了？

李沁一听，好看的眉毛高高扬起："艺雪，你果然够义气！体重秤我买一个新的给你！"

给19岁的我自己

说罢,李沁给我一个飞吻。

看到李沁已经麻利地换上新衣服,还往身上喷好闻的香水,不知道今天哪位幸运儿可以跟她出去约会。我听见冬冬问她:"你今天又盛装打扮,看来这次约会对象面子很大!"

李沁只是在笑,并没有回答。"艺雪,我的那些脏衣服就拜托你了,回来给你带好吃的!"

跟李沁同一个寝室一段时间以后,我发现追求她的男生真的多不胜数,追求的手法也是层出不穷,且不说正常套路的送情书送礼物或风雨不改地送早餐午餐跟晚餐,为了能够很好地吸引她的注意,还送各种各样稀奇古怪的东西,李沁也没注意她收到的礼物跟情书到底有多少,能用的话她就放宿舍资源共享,其他没什么实际用途的,她统统眼皮子都不抬地就丢掉。

嗯,我觉得这次别人送来的体重秤还不错,过分的是它竟然是坏的!看在李沁说要买一个新的来,我心情变得很好,先把她的衣服送去洗了再说。

过一会儿,我已经抱着一桶脏衣服在寝室走廊里飞奔。

走廊上人来人往,我笑着跟她们说"借过"、"借过"。

天气很好,金色的阳光毫不吝啬地打到每个人的身上,把她们

第二章

照得通体发光。

有一个身形比较庞大的女孩一边喘着粗气跳绳一边默默数着:"……300,301,302……"我看了看自己,又看了一下这个女孩,发现对比之下我其实也不算很胖,为了鼓励她一下,我在经过她身边的时候大声喊了一句,加油!

另外一个女孩趴在栏杆前哭着给男朋友打电话:"你怎么可以这样对我?说好要一起过二十岁生日,说好的未来彼此要一起走……"我一听,差点摔倒在地,这女孩一定是琼瑶的小说看太多了,难怪男朋友要跟她分手,一个二十岁的男孩子哪受得了内心的苦情戏有这么多的女朋友?

然后,我还看到有人钥匙忘记带把自己反锁在寝室门外,还不停拍着寝室的门鬼哭狼嚎的:"……让我进去!我是一个要写毕业论文的人!"

附近听到她说这话的人都忍不住笑场了。

只要不是睡觉时间,女生宿舍的走廊总是热热闹闹的,像分别上演一场又一场的小电影,每次我都希望可以看到各种各样或精彩或新奇或让人觉得啼笑皆非的画面,我的嘴角一定保持着上扬的弧度,我特别喜欢脑补自己也是她们当中的一分子,认识的不认识的,从这些人的脸上寻找有趣的新奇的表情,仿佛我也能感染到她们的快乐一样。

给19岁的我自己

宿管阿姨这时甩着一条小毛巾走上楼。

"姑娘们!来男人了!快点穿好衣服!"

走廊依旧闹哄哄的,一个女生回头看到,是一个老水管工跟在宿管阿姨的后面上楼来。那个女同学说:"老是来修水管的,有什么好大惊小怪的……"

女三舍的宿管阿姨其实人很好,也很关照女孩子,有时候遇到晚归的同学也不会把她们锁在外面不让进,我们每次看到她,都会很嘴甜的叫她,她每次都会笑眯眯的应我们,像个可爱的长辈一样。

突然,我听到靠近大楼门口的方向传来此起彼伏的尖叫声,分贝之高让人震惊。过几秒,我看到很多女孩子跳着脚跑回去各自的寝室,我顿住脚步没打算往前走,女孩子都有好奇心,我想看看大楼门口那边发生什么事。

外面的阳光依旧温温和和的,刚刚运动完,我就穿了一件很薄的毛线衫也不觉得寒冷。

仿佛是慢镜头一般——

有三个男生分别从楼道的下面一层慢慢走上来。

走在最面前的那个男生有一身发达的肌肉,他上身只穿着一件

第二章

白色背心,但无比凸显他的身材线条。他注意到女孩子的目光都被他一身肌肉给吸引过去,他笑得很自信。

走在第二个的男生像个书呆子,鼻梁上挂着一副厚厚的黑框眼镜,他手上抱着一台笔记本电脑,到处打量从他身边跑过的女孩子。

落在最后的一个男生,则一脸色眯眯的样子,他毫不掩饰地盯着每个女孩子的胸部看,仿佛在估算着她们胸罩的尺寸……

OMG!我已经看到其他女孩一脸石化的模样,这里明明是女生宿舍啊,这三个男生怎么跑到这里来?

走廊上还没走的女生都在交头接耳,无比疑惑地看着他们三个人。

突然,他们三个人的背后又传来一阵声响,一个干净清爽的男生从他们三个人的背后缓缓走上前来。

男生的手上抱着纸箱,脖子上缠着一圈白色耳机,他的头发有点长,不像别的男生那样剃得短短的,但看上去却有着不可名状的美感。

整个画面像是被人刻意定住了一般,本来是平淡的乏味的场景,慢慢被渲染成自带柔光镜效果的景色,我就站在这些讨论得热火朝天的女生们的背后,早发现从最后一个男孩子出现的那一刻起,身边的人的神态完全都变了。

给19岁的我自己

我记得我是见过这个男生,他身后的那一个肌肉发达的男生,我也见过。

女孩子们有的不敢置信,有的还呆若木鸡,先反应过来的女生面带笑意,甚至有一些已经拿起粉饼往脸上补妆……

前一秒还很安静的走廊,下一秒开始热闹沸腾起来。

女生A:"天啊,是莫晓枫!"

女生B:"这不就是传说中的校草吗?!"

本来已经没什么人的走廊,仿佛是瞬间又开始挤满了人潮,越来越多的女生跑出来看热闹,我不知不觉就被这一帮疯狂的女生给挤到最后面,我本来想着先杀出重围赶紧把李沁的衣服洗了,却发现怎么都走不出去。

莫晓枫不知道在看什么,视线不停朝我们这边搜索,像是在找着什么东西一样,忽然,他的眼睛蓦地一亮,他看见了什么,而后红润的唇角勾起一抹得意邪魅的笑容。

看到莫晓枫忽然一笑,女生们都有着如沐春风一样的兴奋。

莫晓枫上前两步,用手摸了摸鼻子。

"这么大的林子,就只有我们四只鸟啦?"

本来整个画面都充斥着偶像剧一样的氛围,被他这一句突如其来的话给狠狠破坏掉,女生们都忍俊不禁。

第二章

宿管阿姨这时终于逮到机会说上一句话:"姑娘们注意啦!四个臭男生来了!因为呢,男生宿舍101房的排水系统坏掉了,维修需要一段时间,刚好男生宿舍没有其他空房了,所以只能安排这四个男生暂时住到我们这边的女生宿舍一段时间……"

女生们脸上的表情都十分复杂。有掩藏不住一脸欢喜的,也有的觉得很不可思议,凭什么这几个男生一定要搬到我们女三舍!

被众人围绕着的宿管阿姨自我感觉很好,眉毛一挑,她清了清嗓子,继续道:

"大家以后记得多穿点,该遮的都要遮起来,粉红蕾丝小内裤这些都收起来啊……"宿管阿姨转过头看着四个男生,"你们四个,以后浴厕就只能用转角的那间,其他地方都是禁区,懂吗?"四个男生顺着阿姨手指的方向瞅了一眼。"还有,跟过来,左前方这一个房间,就是你们的龟房了,乌龟的龟……"

女孩们一听,忍不住吵闹地笑起来。

这时,我终于成功地从围观的热闹人群中抽身出来,一个脏脏的篮球滚到我的脚边。

我看到对面的莫晓枫飞奔过来。

他停在距离我三步的位置。

给19岁的我自己

时间忽然被人施了魔法一样静止下来,我看着莫晓枫一步一步走向我,然后停住,嘴角挂着明媚的温暖的笑容,漂亮的一双眼睛落在我的脸上。

我忽然想起他上次想教我骑单车的事,我感觉那并不是我第一次见到他。

他也不说话,就这么莫名其妙地看着我。

突然,我看到莫晓枫的脸红了起来。我顺着他的视线往下移……我才发现这家伙原来一直盯着我的胸在看!

"你这个大色鬼!"我脱口而出,伸出手作势要打他,他敏捷地后退七八步。我立刻用手护住自己的胸,不让春光外泄。

"喂,你不要胡说,"他急忙辩解,"你的衣服都被水打湿了,你以为我想要看?"他的嘴角的弧度继续上扬,他身后的几个男生都在窃笑,"又不是很好看……"

我低头看,才看到我的衣服不知何时被桶里的水给打湿了,尤其是胸前那一块地方……我感觉我的脸要爆炸了。

我这时都不知道是该拿手挡胸还是挡脸比较好。

莫晓枫忍不住笑了一声:"喂,把球踢过来吧!"他看着我说话,笑容灿烂好看,让我有点忽略自己刚刚被他眼神非礼过的事情。

"我觉得你这句话前加个'请'字会礼貌一些。"我大声冲他回

第二章

应道。

莫晓枫笑得更开心:"噢,那把球,请过来吧。"

"嗯哼。"我忽然抬腿一踢,"给你!"

"哎呀!"

我装腔作势把莫晓枫的篮球当足球来踢,没想到这无意的一脚会踢中他的俊脸。

陈卫他们几个人想过来教训我,我这下顾不上护胸,连忙拿手挡脸了。

"晓枫!"

一把甜美的声音适时响起。

是李沁!

她一来到,所有人都一致地被她吸引过去。她用手撩了一下漂亮的长发,妩媚地弯下身把那只篮球给捡起来,不说莫晓枫那三个兄弟,其他女孩子都顾着看李沁去了,谁还有心思管我。

只有莫晓枫一个人目光呆滞,不知道在想什么。

"她是我闺蜜,她没有恶意的。"莫晓枫缓神,看到李沁巧笑嫣然地飘到自己眼前来。

校花出面帮我解释,我这是担得多大的面子!我才想起来她那一桶脏衣服还被我提在手上,不行了,我得赶紧去洗衣房。趁着没

给19岁的我自己

有人再关心我这边的情况,我一鼓作气准备跑开。

"哎!同学!你叫什么名字?!"忽然,我听到莫晓枫的声音从后面撞过来。

我闻言回头:"你叫我雷锋!"

说完这句话,我就迅速跑开了。

"老大,你怎么一直在傻笑?"

所以我没有看到,莫晓枫还站在原地傻笑着,周毅龙拿手捅了捅他胳膊,问他为什么傻乐着。

"你老大我,春天来了。"

他这句话说得很轻很轻,轻得,没有一个人听得清楚。

第三章

2017 年 10 月。

我做了一个很长的梦。

这个梦很真实，真实得让人觉得难过。

在梦里，我重新经历了一遍我的十九岁，所有的细节都很清晰很具体，我甚至感觉有很多场景和对话我早就已经忘记，但在这个梦里我重新收获回来这些记忆，变得无比深刻。

我醒来看着天花板，就这么一直傻傻地看着，从白天到天黑。困了就睡一下，然后做梦，梦醒了又重新看着天花板发呆，周而复始，乐此不疲。

仿佛我的人生只剩下发呆和睡觉这两件事。

天又亮了，我知道自己不能再这样下去，我用了很大的力气，花了很长的时间才终于强迫自己从床上坐起来，我慢吞吞地穿衣服，穿鞋子，然后把关严实的窗帘给重新拉起来。

给19岁的我自己

窗外早就阳光明媚,天气太好,好得让我有点不忍心继续活在自己的世界末日当中。

我打开手机,未接来电和微信已经炸开,王子喻跟冬冬找了我很多次,冬冬给我听了一组电台新闻,是关于我们的母校圣新大学的:

"……八十年历史的圣新大学将搬迁至伊佃新区,新校区占地2850亩,将迎来更大的发展空间和机遇。而老校区土地及地面附属物将整体移交市政府,预计11月15日起拆迁部分旧楼,部分古迹建筑物将改为博物馆……"

我感觉有什么东西从我的身体里"嘎嘣"一声地断裂开,圣新要搬迁至新的地方,被冠上新的校区名字,还有一些我曾经看了几年的老建筑要拆除,想到这些,我就觉得无比难过。

我拿着手机走去浴室,我看到半身镜前的那个人形容憔悴,眼窝深陷,那一双严重的黑眼圈都能跟大熊猫媲美,我打开水龙头给自己洗脸,我不记得洗了多久,我只感觉我快要把自己的脸搓烂。

王子喻的电话再一次打来。

听到我终于接电话,他好像在电话那头长长地舒了一口气:"你让我这几天不要找你,我是刚刚才知道莫晓枫去世的消息,现在你在家吗?我过来看你好吗?"

第三章

他似乎在忍耐着什么,他的语气和往日一样带着热切的关心,但又藏着几分说不清道不明的委屈。

我朝镜子中的那个人点了点头,随后想起王子喻根本看不见我点头。

"你过来吧,我刚好也有话想对你说。"

我比王子喻早一点到新塘路。

他这次是开车过来的,路上遇到堵车,他在电话里很抱歉地跟我说:"宝贝,对不起,你等我一下。"

我这才想起,以往我跟他的所有约会,基本上他都会比我早到,所以听到我这次比他先到,他觉得很不可思议。

挂了电话,我一直坐在路边的椅子上,我不知道他是什么时候来的,他安静地站在我的面前,一直深深地看着我,他以为我没有看见他,终于按捺不住弯下身跟我平视,他还是我熟悉的王子喻,梳着一丝不苟的发型,身上那件深灰色西装是上一年我陪他去买的,他的鼻梁上架着细金边框的眼镜,他有很轻的近视,其实出门或者工作完全不用戴眼镜,不过是我曾经无意中跟他说过他戴眼镜好看一些,他之后便经常戴着。

这样细想,我跟他交往的三年中,也算有过很多很多细小却温馨的回忆。

给19岁的我自己

他双手紧紧地握着我的手："艺雪，你的手好冷。"

我努力冲他笑了一下。

但我想，我的笑容一定很难看，不然王子喻不会很错愕地看着我。

"要不，我们先去餐厅？"他的脸上闪过几分迟疑的神色，我察觉到他在努力斟酌词句，他一定是希望我这个时候不要想起莫晓枫，但我没有办法自欺欺人。

或者从一开始，从我遇到王子喻的那一刻开始，我就已经做错了。

"我带你去那家西餐厅吧，是新开的，那餐厅的大厨很有名，上过美食杂志……"他抓住我的手，试图把我从椅子上拉起来。

"子喻，我们……"

"我很饿了，我们先过去吃饭，吃完饭再说，可以吗？"他仿佛预感我接下来要说的话，声音低得近乎恳求，我突然有点心软，任由他牵着我的手腕带我去他早就订好的餐厅。

餐厅很大很漂亮，但很奇怪的是，除了好几个脸上挂着职业笑容的服务员以外，并没有其他客人。

王子喻牵着我的手带我走向餐厅的中间，他说他去卫生间，让

第三章

我站在这等他一下。

服务员开始笑意盈盈地走向我。

"要是老天赐我这样的男朋友,我一定幸福得要死掉!"

"是啊,你看王先生长得这么帅,你看他啊从上个星期就过来跟我们经理交涉,说今天一定要包下餐厅……"

我感觉耳朵开始出现耳鸣,像是有很多只蜜蜂,一直在我耳边嗡嗡嗡地叫个不停。他们后面的话我没听下去,恍惚间我看到王子喻重新走向我,他走得很慢,仿佛这条路特别漫长一样。

我知道,如果这个时候我转身跑掉,一切都还来得及。

然而,我的脚步灌了铅一样,早就动弹不得。

王子喻的脸色变得无比郑重,他慢慢地单膝跪下,从西装口袋里掏出那个小小的精致的绒盒子。

小提琴师开始卖力地演奏,站成一排的服务员也在旁边笑得开怀地给我们鼓掌。

他看上去很紧张,手指都在颤抖。我看见他准备打开那个小盒子。

小提琴声越来越激烈高昂。

我感觉体内有一只怪兽,它沉睡多年,在这一刻被眼前的一切给叫醒,它开始张牙舞爪,开始不停骚动,它让我觉得痛苦,我知

给19岁的我自己

道它准备要冲破我的身体!
　　它终于跑出来了。

　　当我跑出餐厅的那一刻,我就知道,我不能再拖累王子喻。
　　我忽然想起第一次见到他的那一天,天气也像今天一样阴沉,只是不太寒冷,他穿很简单的衬衫和西装——他真的很喜欢穿西装,就算放假也穿西装,我曾笑话他是一个假正经人——他是我妈妈的同事的一个亲戚,那一天我被妈妈叫过去吃饭,他恰好也在那个饭局里面。
　　那一顿饭吃得很没有意思,妈妈不停跟她的同事挖苦我,说我大学读了一个冷门的专业,毕业以后又没有找到很好的工作,还说我休假都只会宅在家里不出门跟别人社交,要命的是也不谈男朋友。"我吃饱了。"我闷闷地推开饭碗,在妈妈发作之前走出酒店。
　　王子喻当时追了出来,看到我不解的目光,他局促地笑了笑,眼睛漾着一层灵动的水波:"里面真闷不是吗,你吃饱了吗?没吃饱的话我们去附近的小吃街⋯⋯"

　　"阳艺雪!"
　　而这一刻,王子喻也像三年前那样,不管不顾地追了出来。
　　他看着很狼狈,我从来没有见过他这么被挫败的样子,他从小

第三章

到大都是那种意气风发的人,他什么都好,反而在寻求伴侣方面,只想跟一个简单善良的女孩厮守到老。

所以他选中我。

我甚至记起他当初跟我表白的样子,好像一下子退回到小男孩的模样,理了一个很整齐精神的头发,手里捧着一束还滴着水的玫瑰花,比我们约定的时间足足早到一个小时,他就一直安安静静地等着我,没有平时工作中那种特别意气风发的模样,反而像个情窦初开的邻家男孩。

看见我,他整个人容光焕发地一笑。有那么一瞬间,我以为自己看到晓枫,二十岁的晓枫,所以王子喻当时跟我表白的时候,我没有多作犹豫就答应了跟他交往。

可我现在发现,我其实很卑鄙,我没有爱过他,虽然,我曾经花了很长一段时间命令自己一定要爱上他,然而最后失败了,我也没有推开他。

我的内心充满巨大的愧疚感。

"你为什么要拒绝我的求婚?"

我想,这一天的求婚他一定准备了好久……他变成一个小孩,明知道要被人遗弃,还是不死心追过来要问清楚原因。我把手抚上他的脸,以为这样可以减少一点对他的伤害。

他认真地注视着我,这样的目光我这三年看过太多遍太熟悉,

给19岁的我自己

这一刻我却不敢回应他分毫。

"子喻,我们分手吧。"
"我知道人在面对重大打击的时候,总会做出一些不太理智的举动,但是……"他不敢置信地看着我。他的声音开始发颤,说实话,这三年来我从来没有见过他这样子的。

我也痛苦,但我不想再欺骗他了。

"我们在一起三年了,这三年你不觉得委屈吗?我不是在跟你开玩笑,也不是头脑发热做出的决定,我只是觉得,我不能再欺骗你也不能再骗我自己了,这对你一点儿都不公平!"

我承认,王子喻对我很好,可是他对我越好,我就越是觉得自己配不上他。

"我从来没有想过要公平!"他急了,一双眼变得很红。

他竟然流泪,在我的面前流泪!

我想,我这次真的彻底伤害了他。

"你还不明白吗?我跟你之间不是爱情,只是习惯!我曾经以为,我最后会嫁给你,然后相夫教子,平平淡淡地过完这一生……但直到现在我才敢说,我其实一直有深爱的人,那个人你也知道,他叫莫晓枫,我一直深爱着他,他却到死了也不知道这件事。"

我开始崩溃。

第三章

"子喻,你应该有更值得付出的人,但那样的人,绝对不会是我。"

"是我对不起你,如果三年前你没有遇到我,你现在一定已经有妻有子,生活美满……"

王子喻没有说话,我只看到他嘴唇的血色一点点褪掉。他也慢慢松开一直紧握着我的手,我们两人站在马路旁边,身边经过的人都在看着我们。

我们没有争吵,没有责骂,也没有更多的对白。

他捏紧他的拳头,又松开,然后又重新捏紧,指节已经发白。他的眼角闪着泪花,我努力咬着嘴唇,我想我脸上的表情,已经表明我的态度。

他突然轻轻地说:"那你走吧!"

我感激不已地看着他。

我知道,我就这样错过了一个很好也很爱我的男人,但是我更明白一点,那就是,我不后悔!

我跳上出租车,王子喻一直愣愣地站在那目送着车子远去。

直到,他的身影再也看不见,我疲惫地把额头贴在冰凉的车窗玻璃上。

给19岁的我自己

我失神地抱着自己,突然有一封信从衣服口袋里掉落出来。

是晓枫写给我的其中一封信。

他写给我的信那么多,每一封都写得那么认真,我一直没有勇气全部读完。

车窗外的景致不断倒退,我有点恍惚,不知道自己身在何处,要去什么地方。

因为我深知,这个世界上再也没有一个地方,可以让我找到他了。

……我问过自己很多次,算不算一个勇敢的人。我爬过最高的山,潜过最深的海,越过最大的沙漠,却在坐了十五个小时的火车后,只在你公司门口吃了一碗面。这么多年过去了,我还是忘不了。阳艺雪,我好想你。

原来,他曾经偷偷来找我,他想见我一面,又没有勇气。晓枫,你也像我一样,一样的傻啊!

……

时光再次急匆匆倒退,在我泪眼模糊的视线中,在我拼命颤抖的身体里,在后悔和痛苦两种不断交织相撞的情绪中,我又回到

第三章

十九岁的那个阳艺雪。

2007年夏天

自从女三舍搬进来莫晓枫他们四个男生以后,我感觉整个女三舍都变得不一样。

平时总是吵吵闹闹的走廊突然变得安静下来,而且放眼看过去,平时出门约会才会化妆的女孩子们,现在就连出去打个热水上个厕所也会化个妆,她们都时刻准备着跟莫晓枫偶遇,仿佛跟校草住在同一栋楼,是无比荣耀的一件事。

这天一早,我还看到冬冬破天荒地让李沁教她化妆。

"冬冬,你干吗化妆?"我心里的八卦因子被激起,"是去见哪个帅哥?"

"没有啦,"她很满意李沁给她化的妆,在寝室里不停地照着镜子,"我就只是去倒垃圾而已。"

我一听,几乎晕厥。"倒垃圾你还化妆?!"

"不是谁都跟你一样天生丽质!"

我也没有天生丽质,我就是不会化妆也懒得去学化妆,我觉得嘛,做人还是自然一点比较好,过分注重外在这样表面的东西,感觉也没有多大用途。

"我看啊,"大猫懒洋洋地瞅了一眼对面的201,就是莫晓枫他

给19岁的我自己

们几个被临时安排进去住的宿舍,"他们对面201才好笑,有时候门开着,我经常看到他们每次上厕所还要先练腹肌!"

从我们这边看去对面门还是看得很清楚,我猜他们201也一定经常看过来,男孩子耍帅练腹肌不就是为了让女孩子注意自己吗?

只是,我好像从来没看到莫晓枫练腹肌……

现在对面的门紧紧关着,他现在在做什么呢?

"自从对面的四只鸟飞进来我们女三舍,我们整个生态系统都改变了!"

突然,有一个同是大一的女孩在我们寝室门口不停张望,我问她要找哪位,她手上拿着一个包装得很精美的巧克力,有点怯生生问我:"你好,请问这边是201吗?"

我给她抬手一指,指向直线距离其实很近的对面。

虽然201大门紧闭,但门上的牛奶箱早就堆满各种各样的情书和小礼物。

这时,对面的201开了门,而且还是莫晓枫亲自来开。

我眼前的这个来表白的女同学眼睛都发光了,连忙提着自己的裙裾拿好礼物屁颠屁颠地跑过去,我想她的脸应该已经烧得通红,莫晓枫只是疑惑地看着她。

"莫晓枫学长,我,我喜欢你很久了,你能不能跟我……"

第三章

OMG，又是一个不怕死的过来跟莫晓枫表白的女同学！

莫晓枫早就对这样的场面见怪不怪了吧，我抱着手臂看着他们。

这时，他们寝室的周凯龙伸出脑袋，问发生什么事？

莫晓枫像是抓到救星一样，我看到他把赤裸着上身的周凯龙给拖到门外，用恰到好处的音量说："谢谢你的喜欢……但是，学长已经有男朋友了！"

时间忽然凝固了一般。过了几秒，我们都清楚地看到那个表白的女生像是受不住刺激一样飞快地跑开，她从我身边跑走的时候我好像看到她哭了……

换作是我，暗恋多时的男神原来是 GAY……我也会忍不住哭出来吧！

莫晓枫随手拿起放在牛奶箱上的一个苹果，朝我丢了过来。

我伸手接过。

"雷锋妹，你该不会真信了吧？"

我自然是不会相信，我才不会像刚刚那个跟她表白的女生那么傻。不过为了打击一下他，好让他不要自我感觉那么好，我大声冲他嚷了一句："有空查查 CD4！"

莫晓枫不明所以。

给19岁的我自己

我在关上寝室门的时候听到他很认真地问旁边的周凯龙:"CD4是什么?"

"老大,她说你有病!"

自从我们女三舍搬进来四个男生以后,我感觉大学生活变得特别精彩,每一天我都可以看到他们住的寝室门外挤满各种女生,他们每天都会收到很多礼物,甚至校外的也会找上门来,就是为了可以亲自见到莫晓枫一面。女孩子们都太疯狂了,就连冬冬也开始经常顶着一脸妆去倒垃圾……相比之下,我好像对这些递情书、送礼物的事情完全不感兴趣。

但很奇怪的是,我偶尔会想到莫晓枫,有时候是在睡觉之前,有时候是在去上课的路上,我想,一定是最近别人提他的名字提太多了,所以我才会这样吧!"

最近李沁送了我一本很厚实的笔记本,本来我想拿它当课堂上的笔记本,但这个本子价格不菲,拿来写笔记好像有点浪费,于是我把它当日记本来写。我并没有写日记的习惯,更多的是无聊的时候会打开本子写下几段话,好让以后我同样无聊的时候可以翻来看看。

第三章

　　我那时并没有留意，我的这个本子上开始反反复复出现一个人的名字。

　　"按我说，莫晓枫不过是长得比别的男生高一点、好看一点，其实也没什么吧，怎么圣新有这么多女孩都喜欢他？像他这样的万人迷，该挑选什么样的女孩做女朋友……感觉，一般的女孩都入不了他的眼，就算……""嘶"，我忽然忍不住施了力，笔尖划破纸张发出很大的声响。顿了顿，我继续写道，"就算他以后谈了女朋友，我感觉这个女孩一定成为其他女孩的公敌！"

　　我突然不想写了，赶紧把笔甩到一边，这时李沁走过来，我慌张地把日记本合上。

　　"艺雪，我们去澡堂洗澡吧。"

　　"喔，洗澡啊……"我抬头，看到李沁精心打扮了一番，嘴巴上涂了她一直用习惯的牌子的新款口红。"你在干吗呢？"李沁问我，"我在写日记啊！""这都什么年代了，还写日记！"她开始拉我的手，脸上笑意盈盈，"别写了，我们去澡堂吧！"

　　我跟李沁端着脸盆还有自己的衣服走出宿舍。

　　我们才刚走出去呢，就听到一阵喧哗声。

　　对面 201 的门忽然打开。

给19岁的我自己

莫晓枫他们四个人赤裸着上身,大摇大摆地从寝室走出来。

莫晓枫用手梳着头走在最前面。

紧跟其后的是陈卫,他那一身肌肉泛着油亮的光。

周毅龙拿浴巾当披风,自我感觉良好,认为很酷很有个性。

李凯航走得最慢,他急急忙忙往自己右脚套上一只拖鞋,在后面很狼狈地说道:"喂,你们三个等等我啊!"

他们每经过一个寝室,寝室里的女生都探头出来观看,莫晓枫的女粉丝们数量庞大,有一些听到风声早就跑出来围观,还像啦啦队一样鼓掌和欢呼。

看着莫晓枫他们几个逐渐走近,李沁突然掐了一下我的手臂。

"晓枫!你太帅了!"

她不敢大声说出来,我却在旁边听得清清楚楚。"校花同学,你也跟着这些女生一样犯花痴吗?"

没有等到李沁的回答,宿管阿姨突然出现。

她狠狠地打了一下莫晓枫的屁股,"你们四个!"她气得炸毛,"你们是在阅兵还是在遛鸟?赶紧给我把衣服都穿好了!"

莫晓枫的脸刷地一下子红彤彤。

他身后的三个男生也开始有点慌。

突然——

第三章

我听到有什么东西掉在地上,回头一看,是周毅龙围在腰上的浴巾"啪嗒"掉了下来。

整个走廊突然安静了三秒。

"啊!"我过了很久才反应过来,是李沁在尖叫。

我吓得不轻,把捧着的脸盆丢了过去,被莫晓枫一下子接住。

"太帅了!有默契!"莫晓枫看着我,尴尬地笑了笑,随后把脸盆扣到周毅龙的头上去。

周毅龙的下半身还是空荡荡……

李沁继续尖叫,几乎要震破站在她旁边的我的耳膜。

"莫晓枫!"我用尽力气冲他吼,"你脸盆扣错地方了!"

这时莫晓枫才嬉笑地将我洗脸的脸盆盖在周毅龙的重要部位上。

一阵鸡飞狗跳以后,我跟李沁才终于到公共澡堂。

想起我的脸盆就这样送给莫晓枫他们几个,还真有点愤愤不平:"算了,脸盆送他们了,我不要了。"

我挤沐浴露往身上抹:"他们几个住在我们这里,还真的各种不方便"。每一次想到冬冬就连出门倒个垃圾都要化妆,我就觉得可怕。

李沁却只是意味深长地笑了一下:"我倒不这么觉得,我希望他们可以一直住在这里。"

给19岁的我自己

"为什么？你还嫌追求者不够多吗？"

李沁还是在笑，不知道是不是澡堂的温度太高，把她的脸熏得越发红润，像一枚熟透的果子透着无比诱人的光泽，她突然凑到我耳边，摇身一变成为热恋中的少女那样："艺雪，我跟你说喔，其实我啊，早就答应跟晓枫在一起了，所以，现在出个门我都会心跳得很快……"

我吃了一惊，这件事我没听她提起过，其他人也应该不知道。

不然，校草莫晓枫跟校花李沁这一个组合的配对，也太……天造地设了吧！

多少喜欢莫晓枫的女孩会心碎，多少暗恋李沁的男孩恨不得要撞墙去。

李沁没有继续说下去，她在笑眯眯地看着我，仿佛在等着我的反应。

我开始挤洗面奶，把我的脸弄得满满的奶泡，好让李沁看不见我此时此刻的表情。

我也不知道自己是怎么了，听到她这么一说，有一点儿想要逃跑的冲动。

"原来是这样啊！"我做出一副恍然大悟的样子，"校花就是应该配校草！恭喜你啊，你们真的很般配！"

第三章

　　李沁很满意我这么说，她一脸的幸福，像个小女人一样："我跟你说吧，长得好看的最大优势，就是你喜欢他的时候，他也会刚好喜欢你。"她絮絮叨叨地说着，也不管我有没有在听，感觉更像是在自言自语一样。"你知道吗，晓枫跟我表白的时候，我感觉他就是一束光，他一出现，我的整个世界都变亮了。一想到要跟他共度余生，我对余生就……"

　　"停停停！"我感觉这个时候再不打断她，她接下来的话恐怕要让我吐了，"李沁，我劝你还是少看一点言情小说！"

　　也许，少女情怀总是诗吧。

　　我并不是不懂，我只是在当时并没有料到，有一天，我会跟李沁喜欢上同一个男生。

　　我曾经给自己设定过，未来男朋友的形象。

　　他不一定要多帅多好看，低调一点平凡一点也是可以的，他起码不会经常出风头，这样就不会招惹那么多女孩的喜欢，他最好诚实一点，对我一定要诚实，当然，他必须是善良的，对别人要有慈悲的心肠。

　　还有最重要的一点，是他必须真心诚意地喜欢我。

　　然而，喜欢一个人究竟是什么样的感觉呢？一定很甜蜜很惊喜吧？我看别人谈恋爱，都是欢天喜地的，可是，要是以后失恋了怎么办,那种分手以后哭得上气不接下气的桥段,会不会有一天也在我身上发生?

我都已经十九岁了,却还是情窦未开,要是说出去,怕是让其他人笑话了吧。

"艺雪,你在发什么呆呢?"

李沁突然叫我,我才发现我早就把花洒关掉,她把我的浴巾递给我,"快点擦身,不然要感冒了!"

她甜甜地冲我笑,我机械人一样点了点头。

头顶的窗户忽然传来一阵窸窸窣窣的声响。

"李沁,你有没有听到什么声音?"

李沁听我这么说,警惕地拿毛巾包住自己的身体:"什么声音?我没听到!"

我隐约看到窗户上闪过一抹黑色的人影。

"天啊!"

我忍不住惊呼一声。

"艺雪,干吗了?"我把浴巾包住自己,准备冲出去一看究竟。

"有色狼啊!"

公共澡堂平时有阿姨搞清洁,刚好门口放着一把扫帚,我拎起扫帚就杀出去。

第三章

竟然有人敢偷看我跟李沁洗澡,这家伙不要被我抓到!他一定是不想活了!

"阳艺雪,你没穿衣服啊!"

"老大,怎么样!"

我感觉这个声音很熟悉。

"没怎样,行动失败!"接下来我听到这个声音,更熟悉不过,"我们分头回去,宿舍会合!"

这下我已经把他认出来了。

是莫晓枫!

啪嗒——

我隐约看见几个黑乎乎的身影四散逃窜开来,我一鼓作气跑过去,抓住最后一个人。昏暗的路灯在远处闪着明明灭灭的光,这家伙一看到我,一张俊脸都变石雕了。

果然是他!

"刚才在窗户上偷看的人,是不是你?"

"是又怎么样啊?"我以为他会狡辩一下,没料到,他直截了当地承认了。

这下轮到我不知所措。

"你干吗偷看女生洗澡?"我给自己壮了壮胆,提高几分音量问他。

"呃……好玩吧!"

莫晓枫别过脸,没有看我。

"那,好看吗?"

他一定是被我的这个反问句吓着了,刚刚还嘴硬的,这一刻也表现得不知所措,我偷偷笑了笑,我也不知道怎么就问了他这个问题,大概是,我没有想过校草莫晓枫也会有这么不为人知的一面!

而且,刚好被我抓个正着!

我正想无情地嘲笑他,他忽然凑了过来,把我拉到另外一个更阴暗的角落去。他几乎是抱着我的姿势,我的鼻子已经碰到他的下巴,他的呼吸喷到我的脸上,柔软的,痒痒的。

我们莫名地四目相对。

"你,你干吗抱我啊?!"他看我这么说,很快放开我。

"你笨啊,没看到那边有几个人吗,要是被他们发现……"

我了然地点头,然后毫不客气地笑他:"活该!"

"你小声点,不然没脸见人了。"莫晓枫压低声音。

"你还知道要脸?"

他忽然狡猾地冲我一笑:"我是说你……"他的目光从上到下肆

第三章

无忌惮地打量我,我才记起来自己没有穿衣服,只拿一条浴巾包着身体就跑了出来。"阳艺雪,你肉还挺多的。"

我气坏了,哪个女孩子愿意被男生这么说自己。我想往他的胸口捶一拳,他身手敏捷地抓住我的手,他的眼睛很好看,像一面深沉的湖,我看着他,他也静静地看着我。

我的头发还没干,头发湿漉漉的,他忽然伸过手,拈起我的一缕湿头发。

他的动作很轻,冰凉的手指不小心碰到我的脖子,我一阵紧张。我感觉到心跳开始加速。

今晚的月色也很温柔,淡淡的光华笼罩到他身上,这一刻的莫晓枫,没有白天看起来那么光芒万丈,他的张扬和招摇统统消失不见,取而代之的,是他看上去有几分亲切,像隔壁家的大哥哥那样。

他的脑袋下移了一点,他的眼睛慢慢靠近我……

我吓得大气也不敢出,不知道他想干什么。

总感觉,他是想亲我一样!

"哎呀!"情急之下,我用膝盖顶他的肚子,他被撞得龇牙咧嘴的,一点儿也没有校草的光环。我低头一看,才发现我情急之下踢中了他的下体……难怪他这么痛苦!我心虚地裹着浴巾跑了好几步,然后回头朝弯着腰、好像受了很重的伤的他说:"我肉多的这件事,

给19岁的我自己

记得不要说出去!"

他咿咿呜呜的,也不知道听没听见。

我的脸原来已经烫得惊人,幸好跑得快,不然一定得爆炸!

十九岁,好像并不是一个很了不起的年龄。

十九岁的我们,思想还没有很成熟,还没有见过足够多的人,带着几分天真,又有几分幼稚。

十九岁的我们,理所当然认为这个世界并不复杂,我们距离向往的爱情还太遥远,拥有的友情也不像高中时代那么热血和充满拼劲,至于亲情,还总是认为亲人不太能够理解我们。

可十九岁的我们,并没有不懂事,我们可以礼貌地对待陌生人,看到流浪猫狗受伤了会心疼、会难过,遇到喜欢的人就算明知道不能在一起也不会死缠烂打……十九岁,虽然有点尴尬,但那段时光的记忆,始终鲜活如昨,好像发生过的一切一切,都停留在昨天,没有走远过一样。

女三舍的阳台上,偶尔也有安静无人的时候,就好像这一刻,我晾完衣服也没有急着回去寝室,选了一个位置坐下来听歌。温和的风轻轻吹着,大片清新的洗衣粉香飘荡着,女孩子们的衣服滴着水,却在阳光的折射下闪着璀璨的光。

第三章

一阵吉他的和弦忽然飘了过来。

我轻轻扯下耳机,弹吉他的那人可能技巧还不太熟练,吉他声断断续续的,像一个老人在咳嗽一样。我拨开刚刚晾上去的衣物,赫然看到莫晓枫。

他抱着一把木吉他,脑袋微微歪着,修长的手指在琴弦上划拉,眼睛被刘海盖住。他穿着一件格子长袖衬衫,有风把他的额发吹起一个旋。

他忽然抬起头来。

看到是我,他的嘴角跃上一丝笑容。

"HI,好巧啊肉丸。"

他……他叫我什么?"肉丸?那是什么!"

"你的新外号啊。"他把吉他放好,双手撑着下巴看过来,"以后就这么叫你吧!"

"你这家伙……"

莫晓枫拿着他的吉他走过来,"放心啦,我会帮你保守秘密的。"他俯下身,凑近我的耳朵对我说,"不过,还是蛮好看的。"

我本来要骂他一声流氓,却被他后面这句话给惊到,语无伦次起来:"我,我好看吗?"

他一听,夸张地笑起来:"我是说内裤啦!"他捧着肚子在笑,"我又不是说你好看,你脸红什么!"他的目光越过我的头顶。

给19岁的我自己

这……

我抬头看,晾衣绳上挂着的恰好是李沁的红内裤,难怪他会称赞内裤好看,那是因为这条红内裤是他女朋友的啊……

我的脸好像更红,因为我想到不该想的画面了。莫不成,莫晓枫这家伙跟李沁已经发生了亲密关系?!

莫晓枫自然不知道我心里想着什么。我冲他嘟囔一句:"你真的很无聊!",便转身准备下楼。

"这条内裤不是你的?"他好像很无知,冲我身后问了一声。

我保持着转身奔向寝室的姿势,头也不回地答道:"那是你女朋友的内裤!"

"你说什么……"

我还发现,十九岁时候的那个我,总是很容易相信别人,就好像,李沁当时跟我说什么,我都会相信,深信不疑。

她说她跟莫晓枫已经在一起了,我就完完全全相信,他们是在一起了。

嗨,同样是十九岁的莫晓枫,那时候我打从心里认为,你跟李沁是最天造地设的一对,虽然你嘴巴很贫,又爱捉弄我,但我并不觉得你讨厌,我只一心希望,你跟李沁能好好的,好好的,一直到

第三章

最后。

如果你当时问我，十九岁那一年的秋天，跟十七岁的那年秋天有什么不一样。

我会觉得：

大学的课堂变得空旷，因为除了考试之外，再也没有一堂课能看到完整一个班都来上课的画面；大学校园里到处都是双双对对的小情侣，他们一开始会羞涩和扭捏，发展到后来就算面前有很多人，也能旁若无人地亲吻；教授们不再记得每个学生的名字，我也不太记得所有同班同学的名字，不用再费心跟每一个人打交道，也不用再严格地遵守上课下课复习做作业这样的事情……

好像，变得很自由了。

但我有时也疑惑，读大学到底有什么意义，如果真的有意义，那么我身边大部分的人选择逃课或者谈恋爱，他们就觉得这样有意义吗？

我跟冬冬只有每周两次的选修公共课上会跟李沁还有大猫他们一起上，李沁很多时候都不来上课，点名的任务自然落到我和冬冬的头上。

我们每次都会轮流帮她应到。

给19岁的我自己

就好像这一天,冬冬化妆用了很长时间,我们到课堂上的时候只剩下最前面的一排,冬冬拉着我大义凛然地坐下来。

那个看上去快要到更年期的女教授虎视眈眈地看着我和她。

"现在开始点名了啊!"这个女教授比较突出的一点,是她的身材,明明那么瘦小的身板,却有一对波涛汹涌的胸。

此刻,她一边拿着册子点名的同时,她的那一对胸一边在我眼前不停晃啊晃,让我眼花了。

"董冬冬……"

"到!"冬冬在旁边大声应到。

"……李沁……"

冬冬在旁边小声对我说:"艺雪,快应到,今天轮到你帮校花答到。"我都给忘了,连忙把手举起来。

这一举不得了,我不小心碰到老师那一对宏伟的胸部……然后,我看到她的胸被我的手一撞给凹下去了。

老师的胸罩一直凹下去,没有再弹回来。

全班立刻鸦雀无声。

"你闯祸了……"冬冬已经在努力控制自己,不让自己笑出声。老师的胸部看上去是很假没错,没想到原来真的是假的!

我眼巴巴地看着女教授,她的一张脸很臭,下一秒,她双臂用

第三章

力一挥，把胸罩给弹回来。

我们所有人都叹为观止！

"你就是李沁？"女教授继续冷冰冰地看着我，那眼神带刀，直接把我KO掉一遍又一遍，"传闻李沁是圣新的校花，想不到校花长得这么让人失望啊！"

"你……"冬冬被激怒，想拍桌而起。我连忙按住她，"教授，"我忙不迭对她说，"就是这样，以后大家才能说自己美过校花。"

我听见旁边有人在小声地鼓掌。

这时，教室门外响起很清脆的高跟鞋声音，一道颀长的身影慢慢走来，然后停在教室门口。李沁一出场，教室里所有人的视线都被她吸引过去，像黏住了一样，都不舍得移开。

甚至坐在后面几排的男生都大声地吹起口哨。

场面几乎失控……

李沁是第一次过来上这一堂选修课，她难得出现一次，自然会造成轰动。我看那女教授也被她的美色给惊艳到，眼睛都看直了。

"对不起，我迟到了。"

"这位同学，你叫什么名字？"

"我就是李沁！"李沁今天还穿着高跟鞋，她三步并两步走到女教授面前，比她还要高出一个头，"我为我的迟到道歉，但也请老师您，为刚刚出言不逊伤害我朋友道个歉。"

女教授的脸顿时一阵青一阵白。

李沁也不着急，她居高临下地瞪着教授，身上震慑人心的气势终于让教授低头："好了，也就是用词不当而已，迟到还有理了……"

李沁打了一场漂亮的仗，教室里响起雷鸣的掌声。她在掌声中坐到我身边，然后握了握我的手腕："没事啦。"

我朝她笑了笑："能有什么事！大不了就让她从此记得我。"

"你啊……"冬冬伸过脑袋来问，"你今天怎么过来上课了？"

李沁甜蜜地笑了笑，我看到她这个笑容，就猜到应该跟莫晓枫有关。

不知为何，想到李沁跟莫晓枫，我就觉得心里空空的。

"我给你们看一条短信。"

说罢，李沁拿出她的手机，调出短信栏的界面，给我们几个看："宝贝，今晚我们两家子的联谊可别忘了——晓枫。"

冬冬喜出望外地说："莫晓枫传给你的短信？是什么意思！"

"你笨啊！"她作势轻轻敲了敲冬冬的脑袋，"今晚有联谊活动，我们跟 201 去酒吧喝酒吧！"

"酒吧？"我长这么大还没有去过酒吧，冬冬转身摸了摸我的脸，"阳艺雪，看你这反应就知道你没有去过酒吧，对不对？"

李沁也听见了，拉了拉我的手："没关系，我们带你进去，很好

第三章

玩呢。"李沁的声音充满诱惑。

原来,十九岁跟十七岁的差别,还有这一个,不用费尽心思编造任何理由,可以光明正大去酒吧。

去做很多上大学以前不能做、不该做、只要做了父母长辈和老师都会跳出来教育你很多遍的事。

成长,是一种体验。

更有一种难能可贵的自由。

而我又是幸运的,我并不是孤身作战,我还有身边的这一帮人,我在陪伴他们的同时,他们也在陪着我。

前往更多未知的地方。

很快就入夜。

冬冬硬是要我在寝室陪她等她化好妆,李沁跟大猫还有对面的201早就出发了,我托着下巴看着冬冬,我发现她越来越喜欢花时间打扮自己,明明下午才化过妆,为了换一种更好看的妆,她重新洗掉又不厌其烦地再次上妆。

"艺雪,你不化妆就算了,连衣服也不换一套,太没有意思了吧!"她忙着化妆的同时还抽空回头瞅了我一眼,看我一动不动坐在那里发呆,恨铁不成钢地教育我一番:"不说今晚还有201那几个男生也去酒吧,酒吧那地方啊,我跟你说,也有很多俊男美女的,况且，"冬冬直接走过来看我的脸，"你化了妆一定也很好看。"

我苦笑摇头，我怕是不敢化妆示人，还是素颜比较自然和轻松。

等我跟冬冬打到出租车赶到李沁点名的酒吧时，那里早就人满为患，头顶上的迷彩射灯闪得我头晕，我问冬冬为什么不开一下灯，她很无语地白了我一眼："阳艺雪，我见过单纯的，没见过你这么单蠢的！"

"酒吧就是要这种FEEL，你懂不懂？"

"那你化再好看的妆，其他男生都看不见啦！"

"谁让其他男生看我啊！"她几乎被我气晕，一看见陈卫，她就见色忘友地把我丢到一边，跑到陈卫那边去。原来……我尴尬地吐了吐舌头，冬冬一直以来都喜欢陈卫，我也太后知后觉了。

我刚一转身，就看到莫晓枫，他很有礼貌地跟我打招呼，随后李沁追了上来，紧紧地挽着他的手臂。

他们两个看上去既登对，又恩爱。

"阳艺雪，你会不会喝酒？"莫晓枫问我。

我摇头。

"那你会跳舞吗？"

"我怎么可能会！"酒吧的音乐震耳欲聋的，我都要听不见莫晓

第三章

枫说什么了。"那你来酒吧干吗?!"他忽然扯过我的手腕把我带到吧台去,"服务员,给她一罐旺仔牛奶。"

陈卫和冬冬在旁边聊得不亦乐乎,几乎把我们其余的人视作空气。他见莫晓枫在酒吧点牛奶,十分吃惊:"扫兴,谁来酒吧点牛奶喝啊?"

莫晓枫努了努嘴,看向我:"她不会喝酒。"我没想到他是专门给我点的,李沁在一边笑着说:"还是晓枫够细心。"

吧台上放着几瓶他们之前点过的酒水,我拿起其中一瓶,直接往空杯子倒酒。

"你干吗!"莫晓枫伸手按住我。"我就喝一小口,你让我试一下!"我不想被李沁他们笑话,陈卫说得也对,哪有人来酒吧点其他饮料不喝酒的呢,莫晓枫这么婆妈做什么。

"对对对!"陈卫跳出来替我说话,"上道!没喝过酒算什么上大学?我们一起干杯吧!"

来来来,酒逢知己千杯少!这个时候我好想在酒吧里吟诗作对,但我不敢,怕一张嘴就会被人笑死。

我跟陈卫干杯,跟冬冬干杯,李沁也倒了半杯酒跟我碰杯,我第一次喝酒,感觉还不错,就是味道有点苦,也不太明白为什么这味道有那么多人喜欢。最后我转着圈圈来到莫晓枫跟前,他的脸色不太好看，仿佛在跟谁生气一样。

　　他别开眼睛喝了一小口酒，性感的喉结上下滚动了一圈。真酷！我朝他竖起一根大拇指，他懒得搭理我，很小声地说了一句："无聊"。

　　酒吧里的音乐声很大，我说话的分贝早就调到最大的模式。

　　"来，我跟你也干一下！"我才发现我的酒杯已经空掉，见莫晓枫手上的酒几乎没喝过，我拿他的酒往自己杯子里倒了半杯。

　　他只是一言不发地盯着我看。

　　"你还蛮能喝的嘛。"不知道是不是我耳朵出现问题，我总觉得他这句话听着很讽刺。我也管不了那么多，跟他碰了杯，一口气给干了。我开始觉得很热，尤其是脸，越来越烫，我把手贴上去，烫得像要爆炸一样。

　　"阳艺雪，我命令你，不要再喝了！"

　　莫晓枫的脸被放大很多倍，可我还没来得及说不，他的脸开始分裂成两个、三个……晕眩感像是病毒一样开始扩散，我伸手夺过桌子上最后一瓶酒，拿牙齿咬掉瓶盖，冲他们几个喊道："让我再给你们表演一次……"

　　我没站稳，话也说不好，一双有力的手臂从旁边利落地扶住我。

　　我回头，看见莫晓枫担忧地看着我。

第三章

"肉丸,你喝太多了!"我想我真的是喝多了,醉了,不然也不会觉得莫晓枫是真的关心我,语气中还带着无法形容的焦灼和闹心。

"莫晓枫!"我轻松推开他,拿手指指着他,"你叫谁肉丸啊?我哪里喝多了,你说说看!"酒精让人精神亢奋,也让人敢展现跟平时不一样的自己。

灯光迷离,我也在酒精的作用下变了另外一个人。

像是气愤他刚刚说我喝多了,我把他拉到自己跟前来,他疑惑地看着我,我也看着他,像是从前没有见过他这人一样,我仔细研究他的额头、眉眼、鼻子、嘴唇……但我的注意力集中不起来,看什么都模糊一团的。

我继续往他的脸凑过去,我拿手捧着他的脸,有那么一瞬间,我好像醉得厉害,又或者,我其实并没有醉……

他的嘴唇像是发着光一般,看着很诱人。

"阳艺雪……"他忽然小声地叫住我,我如梦初醒,立刻松开他。

"我,我去上卫生间了!"

我刚刚那是怎么了?

脑袋一阵天旋地转,我连路都看不清,我问服务员卫生间在哪里,他明明给我指了路,我却找了好久都找不到,那好吧,我不去

给19岁的我自己

卫生间了,我要回去找冬冬他们。我凭着记忆往回走,但到底哪一条路是回去吧台的?

咦,这里好像有一扇门。

我顺势把那个门推开,外面一片清冷,我摸索着往前走,一直往前走,好像只有这样,脑袋才不至于晕得厉害……

"阳艺雪!"

我好像听见有人叫我,噢,不行了,我浑身没有一点力气了,胃里也一阵翻江倒海,不行了不行了,我不能再往前走。我摸着墙角蹲下身,这样好像没那么难受,刚刚感觉整个世界都在我面前晃动,此刻这个晃动在减少。

一只冰凉的手忽然摸上我的脸,莫晓枫的脸也跟着世界一起晃动。

他,他怎么莫名其妙就跑出来了?

然而,我是开心的,不知道为什么,就像是一个渴望得到父母礼物的小孩子一样,以为盼不到所谓的礼物的时候,这份礼物在最意想不到的时候凭空出现,让人爱不释手。

他在我面前蹲下来,让我爬上他的背。

"你跑出来做什么?你赶紧回去吧,回去……陪李沁啊!"

"你给我上来!"他没有回答我,而是十分粗鲁地命令我。

第三章

凭什么……我凭什么要听他的话，我没有理会他，径自沿着墙角挣扎着往前走，他很快追上来，把几乎摔跤的我推倒在墙角。

他的双臂撑开，把我牢牢地圈在他的怀抱当中，他的眼睛很红，像是要把我吃进他肚子里一样。

他粗重地呼吸着，我的脸又痒又难受。

"为什么你就不能乖乖喝牛奶？"下一秒，他不经我的同意直接把我拦腰抱起，我扯开喉咙大叫，差点就要告他非礼。他纹丝不动，脚步倒走得飞快，我感觉自己在飞一样。"你到底干吗啊？放我下来！放我下来啊！"

"你知道我最讨厌你什么吗？"他忽然没头没脑地问我，气息逼人，"我最讨厌你总是把李沁挂在嘴边，真的很烦！"他厌恶地蹙起眉头，不知道他在生气什么，我狠狠打了一下他的手臂："因为她是你的……她是你的……呕！"

后来发生什么，我已经记不太清楚，我只记得我吐了，吐得昏天暗地，好像还弄脏了莫晓枫的衣服。

"阳艺雪，你怎么这么要强……"

后来，他好像也忍受不住我的呕吐物，歪着脑袋也在路边吐了起来。

也不知道过去多久，我终于清醒了一点，我摸了摸我的脸，已经没那么烫,莫晓枫再次提议要背我,我这次很听话,慢慢爬上他的背。

明明是隔着衣物,我却感觉我爬上他后背的那个瞬间,他的身体僵了一下。

他慢慢地走着,我想,一定是我太沉了吧,拖慢了他的脚步。

"其实,我真的可以自己回去的。"

"你别想多,我早就想回去了,刚好顺路送你而已。"他的声音闷闷的从前面传来,和平时比,多了几分性感。

"我当然没有想多。"我不得不承认,除了我爸小时候背过我几回,这还是第一次有年纪相仿的男生主动背我走路。

虽然……

这个人在其他人眼中是大名鼎鼎的校草,他不论任何时候都像自带发光功效,走到哪里都无比引人注目,但他又有无比贪玩跟幼稚的一面,嘴硬的时候像个三岁小孩,但执着起来的样子,却是不为任何人所撼动。

我有时候也搞不清楚,他到底是一个什么样的人。

"回去以后,把你的外套脱下来给我吧,我,我给你洗一下。"

我的脸再次发红,像又饮了酒一样。

"好啊。"莫晓枫爽快地答应了,"记得洗干净一点再还给我。"

第三章

我隐约听见他说这话的语气带着一丝笑意。

酒吧距离学校的路到底有多远,我其实真的不知道,我慢慢放心地把头完全靠到莫晓枫的背上,他的后背宽厚又温暖,我甚至听到他一下又一下有力的心跳声。

像钟摆,却有着让人安神的力量。

我把耳朵紧紧贴着,想认真听多一会。

这一刻,世界变得宁静,仿佛只剩下我跟莫晓枫两人,而我就在这一片宁静中慢慢睡过去。

宿醉以后的第二天,我在寝室睡了整整一天。

冬冬她们没料到我会宿醉成这样,嘴上说着以后再也不带我去酒吧,冬冬看我醒了连忙过来抱住我:"艺雪,对不住啦,早知道你酒量这么差,我们都该看着你不让你喝的。"

我的脑袋还有点晕,但我没有完全断片,在酒吧里说过的话,做过的事,还是能记得一些。

我忽然想起,我还吐了莫晓枫一身!他的外套还被我带回来呢。顾不得一整天都没有吃饭,我觉得眼下最重要的就是先把莫晓枫的外套给洗了,然后拿回去还给他。

"艺雪,你去哪儿?"

"去洗衣服!"

给 19 岁的我自己

我把莫晓枫的外套拿出来，准备放在盆子里泡一下再洗，我顺便多手翻了一下衣服的口袋，我在其中一个口袋那摸出来一条小纸条，上面写着一句话："我觉得你很好，不如我们交往试试吧？——李沁"

莫晓枫……他真的很粗心，李沁写给他的这么重要的小纸条他也可以随便放！

我翻来覆去地看着这张纸条，其实也就是很简单利落的一句话而已，我却像是在做英语试卷的阅读理解，一遍一遍，细致到字与字之间的间隙，我都在认真地看。

生怕自己错过什么。

"艺雪！"

李沁突然回来，我连忙把纸条藏好，藏到自己的裤袋里。

"你酒醒了？你给晓枫洗外套？"迎上她不解的目光，我立刻回答她："昨晚吐了他一身，答应要帮他洗衣服的。"

李沁并没有生气，她给大家买了巧克力，还特意多带一盒棉花糖给我："你喜欢的牌子。"

冬冬问她去哪里了，李沁说她刚刚跟莫晓枫约会去了。

莫晓枫……怎么又是他呢？我的手上还拿着他的衣服，然后又

第三章

从李沁的嘴巴里听到他的名字，心里涌上一股说不出来的别扭。

"艺雪……艺雪？"

李沁在叫我，"怎么啦？""你待会也顺便帮我洗一下衣服吧。""好，没问题。"

洗好衣服，我抱着所有要晒的衣服走上阳台。

说来也巧，莫晓枫刚好在晾衣绳前晾被单。他好像很不耐烦的样子，也没有把被单展开，直接揉成一团扔到晾衣绳上面。

"好可怜的被单啊……"

莫晓枫没有想到我在身后，他夸张地说了一句："吓死我了"，我没理他的反应，走过去，帮他把湿漉漉的被单取下来，重新展开，再好好挂回去。

他抱着手臂在旁边看着，不时发出搞怪的声音。

"没想到你这么大的人了，连晾被单也不会。"他不置可否地笑，仿佛在说，我只要会耍帅就行了。我伸手摸到裤子口袋里的小纸条，纸条已经被我弄得皱巴巴一团，我回头看了一眼莫晓枫，他已经把他的外套拿出来挂到晾衣绳上面去。

我随手就把他写给李沁的小纸条塞到他掌心。"以后，这么重要的东西，不要随便放了。丢了多不好。"我感觉自己的声音闷闷的。

他打开他的手掌，就看了那么一眼，迅速把纸条丢到地上。

给19岁的我自己

"这哪里重要?"他的眉毛高高地挑起,似乎很不满我刚刚的说辞。

"你女朋友写给你的告白信啊,把人家追到手就不管这些小细节了?"

他好像又生气了,我觉得他很莫名其妙,不知道是哪根筋不对,他恶狠狠地盯着我看,仿佛是牙口不好,我看到他从牙缝里一字一句地蹦出来几个字:"李沁什么时候是我女朋友了?!"

这……我也被他这句话给激怒了,李沁明明就是他的女朋友,他干吗在别人面前不承认?!他心里有鬼吗?他想着只要不承认就可以四处勾搭其他女生吗?他……实在是太过分了吧!

我心里烧着一团火,往他的鞋子狠狠踩上一脚。

"李沁跟我说的啊,我跟她是好朋友,她没有必要骗我吧!"我要为好朋友据理力争。

"如果像你说的,她是我女朋友的话还用得着写这样的烂纸条吗!"他彻底气炸,脸色涨成猪肝红。"她说是就是吗?如果是这样,我的女朋友手拉手起来,可以绕地球走一圈了!"

我没有见过这样子的莫晓枫……

像一个被人误会了的小孩子,撒泼着激动着就是说不出一句完整的话来;也像是一只困兽,浑身散发狂妄又压抑的负能量,想吸

第三章

引人注意想要证明自己是被人冤枉；也像是一只走投无路的猎物，用他那一双好看得过分的眼睛哀怨地看着你，看着你，让你恍惚以为自己才是做错事的那个人。

我愣愣地说："不可能啊……"

"难道说，"他的情绪终于平复了一点，但依旧激动，"就是因为她长得漂亮，她是圣新的校花，所以你就觉得我该跟她在一起？"

我……我徒劳地摆了摆手，感觉自己是真的惹他生气了。

"你们男生，选择女朋友不都是看脸的吗？"

莫晓枫更加阴郁地看着我。

好吧，我知道我又说错话了。"那个……"我努力斟酌措词，希望他可以稍微原谅一下肤浅的我。他背转身，深呼吸一口气，然后说，"低级，我从来都不是这么肤浅的人。"终于，他再次面朝向我，认真地看着我的眼睛，"就好像肉丸你这种脸，我觉得比李沁的好看很多。"

风温柔地吹拂着我的脸，我的头发，同样，莫晓枫的短发也微微飞扬着。

他突然安静下来，视线停在我的脸上，我从他的双眼中看到那个小小的我的倒影，他的嘴唇轻轻抿着，似还有话要说，又似已经无话可说，他的鼻翼闪着光，整个人也像被一层光晕笼罩着一样。

他呼吸平稳，很平稳，至少，他终于不再生气。所以我是不是也可以这么认为,他刚刚称赞我的话,并不是他的一时意气说出口的?

"因为肉丸,肥而不腻!"

扑哧——

他忍不住笑场,原来刚刚的柔情和深沉,他都是装的!"再叫我肉丸,我削你!"

莫晓枫见我生气,得逗地笑了笑,他往晾满衣服跟被单的地方跑,想跟我玩捉迷藏。幼稚。我在心里面默默埋怨,他跑得飞快,爽朗的笑声像一首动听的歌谣,凝在我的耳朵上,停在我的心尖上。

他雪白的背影一闪一闪的,晃花了我的眼。

见我没有追上去,他很快折回来。

"你干吗不追上来?"

"你以为在演偶像剧?"我继续晒我的衣服,"衣服不晒好,一会就会串色。"

"一点儿都不浪漫。"他像个小孩那样噘着嘴巴。"谁要跟你浪漫,真无聊!"我干脆不理他,他在我旁边直接坐下,我明明感觉到他看过来的目光,我又不敢去看他,总觉得,每次跟莫晓枫一块儿独处,我变得有点不一样。

不一样的是,我开始在意他的动作,他的眼神,他说话时嘴角上扬的弧度,还有他看向我的时候眼里凝聚着的小情绪,他的一切

第三章

一切。

然而，就算他刚刚跟我说的是真的，他跟李沁还没有在一起，但李沁对他的喜欢我是能感觉出来。我又怎么可能跟最好的朋友抢她喜欢的男生。

我怅然若失地叹了一口气。

咔嚓——

我看过去，发觉莫晓枫正拿着相机对着我拍照。"不许拍我！"我伸手想挡住自己的脸，他又顺利咔嚓一张。他哈哈地笑着，还不让我看他刚刚的杰作。他说："你刚刚说我无聊，你跟冬冬念历史系不是更无聊吗？"他好像对我读历史产生巨大的兴趣，"那你跟我说说看，你为什么要学这个？"

他的声音淡淡的，仿佛沾染了上海深秋的凉意与慵懒。

说起历史，我觉得我可以不眠不休地说上三天三夜。

"我一直认为历史很神圣，我们要是想了解过去美好的一切事物，可以通过历史去探知，甚至，有很多价值连城的东西也被历史留下来，我最希望将来有一天，我可以走访世界各地，然后把这些地方的历史文物带回来，放在我的房间里，慢慢收藏……"

我以为莫晓枫会说无聊，但他没有，他反而很陶醉地看着我，我的脸红了红，赶紧把最后一件衣服挂上去。

给19岁的我自己

咔嚓——

他又把我的丑态拍下来。

看他经常拿着相机拍来拍去，他应该很喜欢摄影？"喂，那你呢，干吗选摄影？"

他打了一个响指，仿佛一直在等我问他这句话。

"因为摄影，可以捕捉到很多即时的美好！"

我喜欢的，是历史遗留下来的美好；而他钟情的，却是当下美好的一瞬间。我那时并没有意识到，其实莫晓枫对我来说，也是美好的一部分。

正是因为他是美好的一部分——

所以，我从未想过要拥有他。

那时候的莫晓枫啊——

他总是背着他的宝贝相机，走到哪儿拍到哪儿，兴致高起来的时候可以一直拍也不喊累的。每次看到他拿着相机，他的女粉丝们都想凑过去叫他拍照，但莫晓枫才不愿意做这种事，他有时候也很傲慢，会很直截了当地说："我只拍我想拍的人。"

"艺雪，你看看，晓枫他又在给我拍照了！"

天气晴好又没有课程的下午，已经不再和其他男生约会的李沁

第三章

会叫上我陪她骑单车,说起骑单车,还是莫晓枫教会我的。一看到李沁,莫晓枫果然会抱着相机追过来,李沁一边骑着一边回头冲他摆各种姿势,我就只顾着在校花旁边慢慢地骑,但有时候,我也会看过去,看着李沁。

她是多么的自信,多么的靓丽,她不像我们,不用顾忌自己平庸的身材,不用遮挡平凡得找不到一丝亮点的面孔,她就算素颜也找不到任何瑕疵的地方,她任何时候都可以大方漂亮地示人,她有这样的资本,也有这样的自信。

我其实,也是很羡慕她的。

如果我拥有她这样的外表,拥有她一半的自信,我是不是,可以勇敢追求自己想要的东西?

那时候,我真的没有答案。

随着时间慢慢推移,李沁对莫晓枫的好,我们所有人都看在眼里,就好像那一天,李沁还偷偷把冬冬的煲了很久的汤拿到对门的201去,不过刚好被宿管阿姨发现了,整个汤煲都被没收了。

李沁嬉皮笑脸地跟冬冬道歉,说她一定会把汤煲也拿回来。

"我这是要给你们所有人一个动力啊,光棍节就要到了,当然是要跟自己喜欢的男生一起过才行。"

冬冬跟大猫都表示光棍节,直接略过!

给19岁的我自己

我看着李沁,她真的任何时候都那么好看,明媚的阳光从窗外照射进来,她的身上蒙上一层明亮的光,越发光彩照人。我想起那一日在阳台上,莫晓枫的愤怒,我突然好想问她,问她跟莫晓枫的事情。

仿佛是感受到我异样的目光,李沁嘴角含笑地转过脸来,问我怎么了。

"李沁,你跟莫晓枫……"算了,还是等下次再问吧。"没什么,我是想问,怎么才能确定自己是不是喜欢一个人?"

冬冬跟大猫反应很大,她们异口同声地问:"有情况?""才不是,还不能好奇一下?"我故作镇定地反问。

幸好,她们没有继续追究地问下去。

我脸红红的,嗓子眼几乎都要从喉咙跑出来了。

"这不简单,给你们看看我做的树洞!"大猫学姐自己会网页创作,她做了一个收集匿名心事的网页,不定期会在网上发布一些话题,让有兴趣的人参加。虽然她做这个网页不是很长时间,但反响一直都不错。她的视线定在网页上,鼠标点得风生水起,"找到啦!"她突然惊喜地大叫起来,"我给你们念念喏……"

要是你喜欢一个人啊——

你每次看到他,不论是什么原因、什么场合,你都会忍不住心跳加速,就感觉,有小兔子在心脏的位置跑着跳着;你为了想要见

第三章

到他,更多的时候就算是不经意的偶遇也好,你会默默记住他的课程表,他平时喜欢去的地方;你会想要更多的了解他,你开始相信星座运程,每次有最新的运程,你会不自觉地先看他的,才看你自己的;但又因为娇羞,或者是害怕,你不愿意被他、被身边的人发现你对这个人的爱慕,所以你不断提升演技,变成一个好戏之人,心里早就翻江倒海,表面还要装作不动声色……

李沁补充:"还有啊,你每次只要一想到他,你就会忍不住笑;看见他跟别的女生在一块儿玩或者聊天,你都会醋意大发,你总是想要去看他的一切社交平台,把他每次发表的心情当作是阅读理解,把他最近来访和回复的人都翻个底朝天,没事就上网查他的名字,看他身边的男女都像是情敌……"

冬冬最后总结陈词:"当然少不了天天洗头,勤练化妆,微笑到脸僵,有屁都能憋回去,脑子里永远都在脑补和他啪啪啪的画面……"

"天啊!你真的太污了!"我们三人纷纷鄙视。

然而——

这一刻,在这一个看似平淡的时刻,我眼前闪过无数画面,统统都有着莫晓枫的身影:

某一天,我去排队打水的时候,莫晓枫就在我身后,他慢慢靠

给19岁的我自己

近我，熟悉的气息从我身后袭来，在他快要接近我的时候我拔腿就逃跑，不然我那心跳声越来越大，会出卖我的小情绪。

"摄影课程表"贴出公告栏的那天，我还特意跑到另外一个教学楼的底下看，没想到撞见冬冬，她问我看什么，我怕被她发现自己的小心思，胡乱指着课程表旁边的肛肠医院广告，说我在看这个。

又有一天，我们寝室几个人去小卖部买东西，刚好遇到莫晓枫他们四个人，不知道哪里来的一阵妖风，把我们几个女孩的裙子都吹飞了，该死的是莫晓枫连这个瞬间也不放过，马上打开他的宝贝相机咔嚓咔嚓就拍了几张照片，她们三个只顾着讨论自己有没有走光，我却把目光飘到他身上去，他嘴角得意的笑容能把阴天的乌云给赶走一样。

在体育课上，我跟着李沁她们班一起上健美操课，莫晓枫他们班也在旁边，我借着做转体运动的空当去看他，没想到他刚好也看过来，冲我弯了弯嘴角，旁边的女生都叽叽喳喳讨论莫晓枫在看哪个女孩，不知道是谁说，"校草在看校花啦！你以为在看你？"……

是啊，莫晓枫怎么会特意去看我呢，我不过就是李沁身边的一个同学，最普通的一个同学而已，而李沁却只有一个！就算我敢痴心妄想什么，也不可能想要从李沁身上夺走莫晓枫的注意力。

这个时候，我才后知后觉地发现，我是真的喜欢莫晓枫，而我也深知，我的这种喜欢，不能被任何人知道。

因为，我不可能跟莫晓枫在一起。

第四章

2017年11月。

距离晓枫出事已经过去半个月,我又变回从前的那个阳艺雪,每天调闹钟准时起床挤地铁上班,做着枯燥乏味又没什么好抱怨的工作,偶尔会打电话给爸妈——虽然每次电话内容都是重复的——他们问我跟王子喻现在怎么样了,有没有准备结婚的打算。

这一周周末,王子喻给我打电话,我没有想过他还会主动找我,我没有想好该怎么面对他。

他的语气听起来很正常,又或者说,他的演技比较好。

"艺雪,在我们分手前……"他小心翼翼地说,"我就答应过叔叔阿姨这周末跟你回家吃饭的,我知道你很少给家里打电话,所以这周末,我们还是去一趟吧。"

他说得没错,自从上大学以后,我是很少给家里打电话,这三年来,王子喻在我跟我爸妈之间,一直很好地充当着一个中间人的角色。

给19岁的我自己

他察觉到我想拒绝,连忙补充一句:"下一周是我生日,你就当提前帮我过了吧,就回家……就只是去你们家跟叔叔阿姨吃一顿饭,能不要拒绝我吗?"

我用力握紧电话,不然我害怕它下一秒就会从我掌心滑落,残忍地掉在地上。

我从来没有想过,有一天我会对王子喻做出这么残忍的事。

他已极力讨好,我又何尝不想圆了他的心愿。

周末的时候,他开车到我住的地方接我去爸妈那里,我们在车上也没有说话,回到爸妈那里也始终没有说话,他还是很有礼貌地跟爸妈问好,然后我妈像以往那样跟他聊天,气氛还算融洽,只是在快吃完饭的时候,我妈循例地又问了一句,我跟王子喻有没有想过结婚的事情。

"今年都要过完了,明年好像有很多好日子适合结婚,"妈妈用筷子胡乱扒拉着她做的鱼,鱼肉被她弄得一片狼藉,让人看着就没胃口吃下去。"你们也老大不小了,明年刚好满三十岁,是时候……"

其实,我妈说的这些话,已经重复过百遍,我跟王子喻都知道怎么调整我们的表情、坐姿,还有下一句回嘴时语气的温度和声调,不然我妈会用一种很不可思议的眼神看着我们,那神色分明在说:

第四章

"我都是为了你们两个好,你们倒好,一点儿都不紧张,看你们以后怎么收拾自己的人生大事!"

我把饭碗放下,"爸,妈,我跟子喻已经分手了。"

这句话,我说得十分平静。

平静得就好像在跟他们报备今天的天气是晴朗还是多云一样。

我妈坐在我对面,所以我先看到她的反应,她讶异地瞪大自己的眼睛,一直拿着的筷子掉到地上,然后,她把快要见底的饭碗狠狠一摔,拿手指着我的鼻子:"你,你说什么?你再说一遍!"

十年以后,我爸好像早就对我做的任何决定都漠不关心了,现在激动的那个人是我妈,她怕我嫁不出去嫁不到一个好男人,她也怕我不再开朗活泼的个性迟早会闷出病来,她还害怕什么呢……其实我心里面真切清楚,她愿意跟其他人说我的不好,说我如何不争气,说我如何不把婚姻当一回事,但她比任何人都要爱我,她害怕我受伤,害怕我受了委屈也不跟家人说,害怕我这辈子都把自己禁锢在我的这颗小星球上,不再快乐,不再开怀。

王子喻显然没料到我会在吃饭的过程中公告真相,他急于把我拉开,他已经开始像平时工作时那样摆出一副讨好的笑脸,所以我有时笑他假正经,因为他总是拿工作时摆出的表情来应付我跟我的家人,我只是用力拂开他的手:"你也坐着吧。"我毕恭毕敬地站起来，看了看他，又看了看坐在对面的爸妈。

他们三人都无比诧异地看着我。

"爸，妈，还有子喻，"我努力咽了一口口水，我这一刻像勇士，虽没有英勇杀敌，却抱着视死如归的心情："我希望这一次，我可以做主自己的人生，就这一次，拜托了，请你们给我这一次机会！"

我跟王子喻一起下楼。

走之前，我们都听见爸妈在吵着什么，我妈始终不敢相信这个事实，一直想着办法让我改变心意，是我爸把她拉住，我听见他很无奈地对我妈说："你瞎操心有用吗？随她去吧！随她……"

走到楼下，王子喻问我要不要去喝咖啡。我这时发觉自己有点累，但也不忍心拒绝他。

咖啡厅播放着轻柔的音乐，不用我开口，王子喻已经替我点好咖啡和甜品，他就是这样，每次只要他在，我什么都不用烦不用想。我淡淡地开口："以后，就没有你帮我打点好一切了。"

他很意外我会说这样的话，印象中，我们都不是那种会给对方说甜言蜜语的人。

"好吧，你还有什么想问的？"我知道，这次见面后，我跟他应该不会再见了，我想，他也清楚这件事。

"我只是想知道，莫晓枫跟你是什么关系？"看出来，王子喻很

第四章

平静，就是他这样的平静，让我感受到他别样的温柔——为了让我愧疚感减少一些，他可以扮演一个被甩也显得无所谓的前男友角色。"你们当年发生了什么事？以至于过去这么多年，你还忘不掉他……他死了，你也忘不掉。"

最后那句话，他像是怕我会生气，故意压低声音说的。

我没有生气，只是听到那个"死"字，我感觉眼眶一热。

"他对你来说很重要是吗？"他愤愤不平地说，"那你知道，你对我来说也很重要吗？"

"就是因为他死了……"我别过脸，不去看王子喻，"我才发现他在我心中原来这么重要，我才发现我从来没有放下过他，是啊，他已经死了，可我怎么能安心跟你在一起？"

终于，王子喻不再逼问，他的嘴角跃上一抹苦笑："没想到我会是被比较的那一个，他走了，我也当不了冠军。"

"爱情从来都不是比较得来的，我的心里只装得下一个人，子喻，我对不起你。"

"对不起，你总是跟我说对不起。"他失神地看着我。

"那我不说了。"

"嗯，反正，我们都结束了。"

他送我回家，在楼下徘徊很久也不舍得走，我打开窗户还能看

给19岁的我自己

见他,他的身影那么落寞,那么受伤。

"艺雪!"在我准备关上窗户的瞬间,他忽然冲我的窗户叫了起来,"我会一直等你的,以后你遇到任何事,都可以随时给我打电话!"

后来,他终于走了,我却感觉刚刚他最后的那句话始终萦绕在城市上空,久久没有消散。

我把窗帘重新关上,打开台灯,晓枫留给我的一沓信还静静躺在那。我用手指摩挲这些信纸,为什么我不给他也写信呢。

我立刻翻箱倒柜找信纸,把信纸摊开铺平的那个瞬间,我的心在颤抖,握着笔的手也在发抖。

就好像是要做什么很伟大的事情一样,带着一腔孤勇,就算无人理解,也在所不惜。

我犹豫了很久,开头不知道该写什么,是啊我该如何写信的开头,我该从哪一件事开始回忆?当回忆像是潮水一样袭来的时候,我该如何自控……

晓枫,你能看到吗?你能看到我现在的痛苦和无助吗?我甚至连给你写一封信,都不知道从何下笔。

我闭上眼,慢慢回忆十年前的过往,像是慢慢有了力量,一种莫名的力量,我开始提笔写下第一句话:晓枫,我从未想过自己有

第四章

一天,会拿起笔给你写信,就好像一种仪式,你对我的心意如此庞大和厚重,我也只能通过书信的方式去回应你……

写好了开头,接下来的话就变得越来越顺畅,我好像能体会到晓枫当初写下这些信件的心情,如果真的用心去给心爱的人写信,你会在无形中感受到一种巨大的力量,推动你,促使你不停歇地写,你也不会觉得疲惫,反而越来越精神。

……以前你拍的照片总是充满阳光青春,现在尽是沧桑!我辜负了你,也错过了自己!

那个时候的我,总想让你回头看我,又害怕和你对视。怕你知道,又怕你不知道,娇羞又大胆,犹豫且不勇敢。或许,喜欢一个人就会变得自卑、变得想太多,我怀疑自己怎么可能会是你的真命天女!我总是担心,哪一天会听到你跟李沁在一起的消息……

现在,我终于可以很勇敢地对你说:我喜欢你!或许你能听得见?或许,已经来不及了……

对不起,我晚来十年的……"莫晓枫,我喜欢你"。

终于写完,我感觉我所有的力气都消耗殆尽,却有一种畅快淋漓的感觉。我疲软地靠在椅子上,台灯照射出来的灯光把这几张信

给19岁的我自己

纸映得惨白。

我忽然发现日期没有写，连忙在信的末尾补上：2017年11月11日，PM 10:30。

晓枫的遗物，那个古老的木盒子就在我手边，大概是睹物思人，看到这个盒子，我的视线开始模糊。

我把刚刚写好的信塞到木盒子，然后我抱着这个木盒子，眼泪吧嗒吧嗒地掉到盒子上。

"晓枫，晓枫……"

糟糕，我在信的末尾没有署自己的名字，万一晓枫以为是别的女孩写给他怎么办？我重新打开木盒子，想把刚刚写的信取出来……

然而，眼前的一幕让我觉得吓人：木盒子里什么东西都没有！

我把木盒子举高，又把它翻过来，里面始终没有东西，我愕然地站起身，觉得很不可思议！"奇怪，我的信呢？！"……我的天，我的信莫名消失了？

一夜无眠，我不信我给晓枫写的信就这样莫名消失。

"也许，是我最近伤心过度，做了一个梦，梦见自己给晓枫写了信……"

第四章

　　隔天晚上十点半，我坐到书桌前去。刚刚洗了澡，头发没干，我拿毛巾擦干净头发，突然，一件不可思议的事情在我眼前发生了。

　　我看到那封昨晚我写的信，在空气中慢慢显出轮廓，从透明，一点一点，变成实体。

　　像是有一个魔术师，我肉眼看不到的魔术师，在背后操作这一切，把那几张原原本本就消失在木盒子里的信，重新用魔术变回来！

　　我惊得后退几步，脑袋一下子撞到衣柜。

　　锐利的痛楚让我明白刚刚发生的一切，不是梦！

　　所以，昨晚我看到的，也不是梦！我写给晓枫的信，真的在那个他带回来的盒子里凭空消失了，现在，又无缘无故出现！

　　这到底是怎么一回事……

　　房间里没有其他人，我的心跳得很快，但我又必须证明自己不是在做梦，我鼓起勇气重新走到书桌前，顺便把眼镜戴上，想把一切都瞧个仔细。

　　我拈起桌面上的信。

　　光是看一眼，我就可以十分肯定，那些信就是我昨晚写的！

　　我重新把我昨晚写的看了一遍，看到末尾写的时间有错，因为，今天才是 11 月 11 日！

　　而昨天是 11 月 10 日。

给 19 岁 的 我 自 己

我又把木盒子翻个底朝天，发现它始终保持原状，而那些信，自然也没有人动过手脚。

那么，问题出在哪里！

我强迫自己尽快冷静下来，我深呼吸一口气，又猛灌自己一口水，思维没有那么慌乱，好像慢慢的，我有了一点思路。盒子……信件……时间……我盯着信的末尾上的时间，总感觉我一不留神写错的时间，就是解开这个谜团的关键！

我的心脏像是提到了嗓子眼一样，我浑身难受，却又急于证实自己的猜想。

我随手撕下一张纸，上面只写了一个时间，是三分钟以后的时间！我把纸条塞到木盒子去，关上，再打开木盒子……

果然，小纸条不翼而飞！

我开始煎熬地等待三分钟过去。

一秒，两秒，三秒……

时间像是被人用什么不为人知的手段故意拉长、延伸，我坐立不安，我如坐针毡，我像是一个缺氧的人拿手挡在嘴巴面前不停呼吸、吸气……终于，三分钟时间快要到了，我忽然害怕起来，我害怕我的预感是正确的，但明明这样的事情，不可能会发生啊！

我的身体在颤抖，我的双手握紧了又松开，我开始喘着粗气，

第四章

像一个重病发作的病人一样。

三分钟。

那张小纸条果然慢慢浮现出来,从透明到实体,一点一点,完整无缺地展现在我面前。

我还是吓了一跳。

这个木盒子果然有玄机!晓枫,你当时买这个盒子的时候有想过这一点吗?时间,时间……对!最重要的,是时间!不仅是时间,我很快又意识到一个问题,地点也很重要,木盒子一直放在书桌前,所以这两次的信跟纸条才会在这里出现,所以要想纸条出现在别的地方,就要拿着木盒子去到那个地方。如果真的像这两次那样,写任何东西后面署上某一个时间,这张纸条能送到相应的地点跟那个时间点去的话……

如果是送到过去的某一个时间点呢?

例如……十年前!

天啊!我觉得自己真的是疯掉了,我现在看到什么东西都能联想到从前的事情去,关于晓枫的,都是关于晓枫的。

我知道,我是太后悔了,晓枫去世以后,我每一天都在巨大的痛苦和煎熬中度过,我很想念他,更奢望自己可以回到过去,回到过去的某一天,随便哪一天都好,只要我可以在过去的某个时间点

给19岁的我自己

跟他坦白自己的心意，历史是不是就会扭转，他是不是，也就不会发生意外。

明知道我的这些想法很荒谬，我却乐此不疲地想着，历史不可能被改变，我也不可能像那些电影或者小说穿越回去……

但是，这个木盒子又是怎么一回事！

"今天是11月11日，是光棍节……"我努力回想从前的画面，一幕幕像小电影那样在我眼前闪过，十年前的光棍节发生了什么事……对！光棍节！我想起来了，十年前的光棍节，如果可以的话，我一定得写一张纸条，让木盒子带回去！

给当时的阳艺雪看见！给十九岁的我自己……

我的心脏在身体里猛烈地撞击着，我已经什么都顾不上了，我甚至来不及通知任何一个人，而我也知道，不论我跟谁说起刚刚经历的一切，他们一定不会相信的！我直接抓起一件衣服就往身上的睡衣上套，然后抱着木盒子还有纸笔就跑了出去。

如果可以给过去写信，事情还要从十年前光棍节的前一天开始写起，那一晚，我在距离圣新不远的麦当劳赶期中考试的论文，然后，晓枫出现了……

晓枫，这就是你特意留下来给我的希望吗？还是我太想你了，才会有这样的错觉？这两天发生的事情真的太不可思议了，我现在

第四章

没有办法好好冷静下来弄清楚这里面千丝万缕的关系。我想,就算这一切都是幻象又怎么样呢,起码,它带给我希望!就在我几乎绝望的时候!眼泪是真的,笑容是真的,喜欢你的心情,当然也是真的!明明心里面一直都有你,我却始终不敢告诉你……

"莫晓枫!"我对着漆黑的马路大喊,"我喜欢你!我是真的好喜欢你!"

我在路上跑了很久,好几次差点撞到路人,终于凭借着记忆找到那家麦当劳。

遥远的记忆自带开关效果,久违的熟悉感扑面而来,这家店早就换了几拨服务员,餐牌上的价格也一直上涨,新品也层出不穷,我却记得我当时是坐在哪个位置,点的食物是什么。

等我缓过神来,我看到服务员很错愕地看着我。

"小姐,请问你要点什么?"她的口吻不太友善,想来我像个疯子那样闯进来麦当劳又一直站着发呆,让她很不爽吧。

"等一下!"

我发现我从前坐的位子有人要坐下去,我立刻跑过去,比那人抢先一步把屁股沾到椅子上:"不好意思,这个座位对我来说很重要,你能不能坐到别的地方去?"

"神经病!"

那人捧着食物走开。

给19岁的我自己

虽然被骂,我却没有丝毫的不愉快,我要验证一次,看这个木盒子是不是真的这么神奇。

我拿出纸笔,还有木盒子,开始给十年前的自己写信:

阳艺雪,今天是一个很特别的日子,我有特别的事情才会写下这封信……我是二十九岁的阳艺雪。

我的思绪也飘到2007年11月10日——

灯光明亮的麦当劳里。

每次我抬起眼睛,总能看到双双对对的情侣在我眼前走过。说好的光棍节呢?怎么我在街上看到的满满的都是情侣!好不容易找到这一家还有几个空位的麦当劳,其他人都是热热闹闹在庆祝什么,只有我一个人抱着好几本书过来借地方赶写论文。

其实一个人没有什么不好,但偶尔也会遇到不好的时候,例如这一刻我想上厕所,我就非常希望身边有人可以帮我看着位子。

我急中生智,拿放在手边的薯条摆出几个字:还、有、人。摆弄好薯条,我都被自己的聪明才智给逗笑,我想应该没有人会过来抢位子吧,我以最快的速度跑了一趟卫生间,然而,比抢了我的这

第四章

个宝贵位子更惨的事情还是发生了——

我的薯条全被人吃光了！

"要是被我找到是谁这么缺德……"突然，我感觉有人在我身后轻拍了一下，我转过头，看到嘴巴里还叼着最后一根薯条的莫晓枫，他的咬合肌在愉快地活动着，嘴角边有星星点点的番茄酱，他一双眼睛明亮亮的，似藏着强烈的笑意。

"怎么你也在这里？"我头顶开始冒烟。

"我也在麦当劳赶作业不行吗？"他得意地笑，"你太好笑了，刚刚你是要哭吗？就因为一包薯条？"

"你为什么不经人同意就吃人薯条？"

他好像被我这个问题难倒了，一张俊脸有点不知所措，良久，他嗫嚅地说："因为啊，我没有素质吧！"

这家伙……

每次犯错的时候也算实诚，可是，他就算是撒谎也不关我事吧！我气得转身就走，他一把抓住我："你还真生气了？我还打算请回你的。"

谁稀罕！

"服务员！"他大叫了一声冲到点餐区，"麻烦给我来一个麦辣鸡腿汉堡，麦辣鸡翅，麦乐鸡，一包大薯条……"

给19岁的我自己

　　我艰难地吞了吞口水,我承认,我是饿了,刚刚赶作业赶到头昏眼花的,连薯条也没吃上,能不饿吗?
　　莫晓枫他一个人能吃得完这些?我表示不敢置信。
　　莫晓枫好像还没点完,他的脑袋微微仰着,目光停留在服务员身后挂着的餐单中。"再来一份吮指原味鸡好了!"
　　这家伙,丢人丢大发了!我转过去,对着他的方向喊:"吮指原味鸡是肯德基的。"
　　莫晓枫侧过头来看我,嘴角的笑容依旧温暖。
　　"原来你有在听。"
　　我们捧着一堆吃的回去座位,在莫晓枫面前,我明明肚子饿得直接在放四重奏了,但我还是很努力地维持一点淑女的形象,拿纸巾包着鸡翅放到嘴边慢条斯理地啃,用透明吸管喝可乐也一小口一小口地抿,莫晓枫把汉堡快要吃完了,他目瞪口呆地看着我这副样子,几乎是不敢相信:"阳艺雪,你装这么淑女给谁看呢?"他直接抄起一块鸡翅塞到我嘴边,"不要压抑自己的天性!"
　　我呸!我好不容易坚持了一会儿的形象,全被他给毁了!我拍桌而起,几乎要跟他打起架来。

　　这时,一位笑容可掬的服务生走到我们这一桌来。
　　"两位,为了庆祝光棍节,我们现在有一个活动,就是我们店

第四章

里推出的浪漫新地,情侣两人购买第二杯可以半价喔!两位要来一份吗?"

情侣……听到这个词,我浑身不自在,我偷偷瞄了一下莫晓枫,他却一脸的不以为然。

也对,他怎么可能想要跟我这样普通的女生当情侣。

我顿时有点心灰意冷。

"对不起,我们不是……"我正准备跟服务员拒绝的时候,一只大手越过空气伸了过来,牢牢搂住我,我回头,正好对上莫晓枫一双会笑的眼睛,他给我使了一下眼色,让我配合他一下。

我想挣开他,奈何一点力气也使不出来,一张脸红得像煮熟的虾子。

他一脸的泰然自若,仿佛我们真的是一对小情侣一样。

"好的,就要两杯浪漫新地!"他铿锵有力地说。

莫晓枫几乎把所有吃的给消灭掉,我的面前放着那一杯浪漫新地,明知道坐在对面的他是为了优惠活动才扮演了我几分钟的男朋友,可是我的心脏突突突地跳得飞快,我想让它慢点儿,它始终不听话。

真怕一不小心,我的小心脏就这样飞出来。

"你干吗不吃?"巧克力雪糕开始融化,慢慢融成一团浓稠的巧克力浆。莫晓枫忽然倾过身,拿起我这杯的勺子给我舀了一口雪糕,还喂到我嘴边。我乖乖地张开嘴吃掉他喂的雪糕,等我们都反应过来,他也有点尴尬,一屁股坐回去,不太自然地说:"融了就不好吃。"

"哦,哦,"我连忙舀一大口雪糕送到嘴巴里,我使劲地嚼着,冰凉的气息袭击我的牙齿、口腔,我刚好可以不用跟他说什么。但,我还是很想知道,刚刚服务员走来问我们的时候,他心里面的想法:"就为了第二杯半价,你就把我给卖了啊。"我尽量让语气听起来无比自然、平静,这样他就不会多想。

莫晓枫果然没有多想,眉毛一挑:"你也说是半价啊,当一下我女朋友又不会怎么样。"他说得理直气壮,合情合理。

我低了低头,有点失落。

"我才没有这么便宜……你这么花心,就不怕李沁会伤心?"

莫晓枫再次被我激怒,他把雪糕杯的勺子砸到桌子上,忍耐着说:"每次都提起李沁,你喜欢她啊?CD4!"

我……莫晓枫你这混蛋,竟然敢骂我有病!

我愤怒地站了起来:"我怎么会跟你这么一个神经病坐在一块吃麦当劳?我还是赶紧走吧,不然被别人看见了多不好!"我怒气冲冲,完全没有注意到他脸上一闪而过的受伤。

他的声音放低:"被人看见又怎么样?我还不能找你一起吃麦当劳吗?"

第四章

他这句话,好像说得也没有错。

我是不是太小题大做了?见我也沉默了,莫晓枫拉了拉我的衣服,"喂,明晚光棍节,要不要一起过?"

我抱着手臂把脑袋甩到一边:"只要选对了大学,每一天都是光棍节。"言下之意,我不愿意这么悲惨的节日跟他一块儿过。

他一听,哈哈大笑起来:"我有一个不用过节的方法……"我又一次看到他这种专注的眼神,仿佛摒弃了周遭身后所有的东西,仿佛眼下这个世界只有我跟他两个人,他微微笑着靠近我,柔柔的呼吸喷到我的脸上。

我别开脸,不对,我倏忽一下子站起身,想跑。

他从背后拉住我:"我只是想请你给我当一下模特拍照而已!"他急切地冲我解释,"你想到什么地方去了?"

原来是这样喔。我回头,狠狠瞪他,一脸明白写着"我以为你想非礼我!"他举手投降,一连说了很多声 SORRY。

"明晚九点,女三舍的阳台见,可以吗?"

这时,我看到李沁推门而入。

外面有点冷,她穿着简单的长款纯色风衣,眉眼带着我熟悉的可爱。她没想到我也在,愣了一下,然后若无其事地问:"晓枫是在里面吗?我过来找他!"

给19岁的我自己

我回头,恰好看到莫晓枫追出来。

原来,他一早来麦当劳占位子,其实是为了等李沁。"他在等你,我先回去了。"我这一刻只是想尽快从他们两人面前消失!

我一鼓作气跑出麦当劳,外面的街道冷冷的,我的心也跟着冷了下来。

我跑出去好远,我以为已经够远,可是回头,还是能清楚看见灯光明亮的麦当劳,还是能透过巨大的落地窗看见莫晓枫和李沁在说话,他们靠得很近,李沁一直在笑着说话,莫晓枫就专注地看着她。

至于他们到底说了什么,其实完全不重要了吧……

2017年11月12日。

凌晨,我发现自己在麦当劳睡过去了,麦当劳里只有几个流浪汉坐在那里凑合着打发时间。我挥舞了一下酸软的手臂,然后打开木盒子,昨晚写的小纸条早就不见了,那么,它有送到十年前的那个晚上去吗?

我紧张得大气也不敢出一口,真怕眼前这一切也是一个梦。

如果真的送过去了,我的记忆会被改变吗?然而,我努力回想了一下十年前的那个光棍节前夕,脑海中能想起来的片段跟记忆中的那一部分完全重叠,什么都没有改变,我还是那个胆小鬼,看到

第四章

李沁去找莫晓枫就逃跑出来的胆小鬼!

现在是凌晨……

难道说,我写在纸条上的时间是错的?所以十年前的我并没有看到那张纸条?

接下来我该怎么办呢?错过了麦当劳这一幕,我必须赶去下一个地方才行,我不能错过任何可以回到过去的办法,就算我只能通过写纸条的方式跟十年前的阳艺雪传递信息,我也必须要让她知道,她不能错过莫晓枫!错过了他,就会像今天的我这般悲痛与后悔!

下一个地方——

我想起来了!我从椅子上跳起,把在我旁边搞卫生的清洁阿姨的垃圾给撞飞,就连流浪汉也都在看着我,我知道,这一晚我在别人眼中就是个疯子!

彻彻底底的疯子。

但是我已经顾不上其他人的目光了,我现在要赶去下一个地方,圣新的老校区!晓枫,你等等我,我知道我现在说什么都没有用,又或者就算我现在是在做梦,做一个很荒谬绝伦的梦,我也认为,这都是你在思念我的证据。

我也想你了晓枫,我是真的真的很想你。

给19岁的我自己

第五章

再次回到圣新大学，我有一种说不出口的感慨。

月色朦胧，整座大学像是一只沉睡着的怪兽，没有白天的生气，多了几分冰冷的从容。

学校大门早就关闭，保安亭的大叔睡得鼾声震天，我依稀记得圣新还有另外一个入口可以通向校园内部，我拿手机照明，没有人的小路阴森森的，阴冷的寒风擦过我的耳朵，一只在路边觅食的小流浪猫听到脚步声尖叫着从我身边跑过，吓得我几乎把手机摔了。这个时候我的脑海里闪过各种各样恐怖片灵异故事，但也顾不上那么多了，我必须要想办法找到入口进去。

这个时候，我才发现我终于大胆了一次，如果十年前我也有这样的觉悟，那就好了。

圣新的西边有一个破败的小门，小门上了锁，自然进不去，但这边的墙比较低矮，我记得十年前很多男生经常在学校关门以后跑到这边来，然后翻墙回宿舍的，我抬头看着这墙的高度，也不知道

第五章

自己能不能爬上去,不管了,今晚我一定得翻墙进去!

心里燃烧起来一团熊熊大火,烧得滋滋作响,我深呼吸一口气,先是踩上小门旁边的矮墩,我双手紧紧攀着湿滑的墙壁,手上沾到了长在那里的青苔,看来身上的衣服已经碰得很脏。我再一鼓作气,把手撑在墙壁上方,天太黑了,我没有手拿手机照明,墙上已经很久没有人爬过,落上很多灰尘不说,还有很多小玻璃碴小碎片的。

"哎哟!"

手掌被玻璃碴划出一道血口子,我忍着痛,咬咬牙,把力量都灌输两只手掌,脚下也开始用力,一蹬腿,整个人稳稳地撑了起来。

"好,跳下去吧!"

砰——咚——

然而,做好那么多准备工作,落地的时候还是太惨烈,屁股摔得都开花了。

我一瘸一拐地冲向实验楼,就是准备要拆的那几栋楼,幸好还没有拆。可能是我已经知道它快要从这里消失不见,变成别的建筑物,我的内心涌现各种各样复杂的情绪。这一块区域都是要拆的部分,早就没有人会过来这边,我凭借着记忆找到楼梯,整栋楼太安静,安静中透着诡异,每踩一步楼梯我都好怕脚下突然冒出另外一只白花花的手,会抓住我的脚踝……

给19岁的我自己

我忽然决定,以后再也不看恐怖片了!

幸好,实验室在二楼,我几乎是跳着叫着冲到二楼去,墙壁上还有很多凌乱的涂鸦,还有不知道是谁在上面写着一个大大的"拆"字,我看了一眼这个红色的加粗了的"拆"字,忽然没那么害怕了,反而,浓重的离愁别绪在心底蔓延。

我立刻推开门,走进实验室。

事不宜迟,我选最近的一张桌子坐了下去,屁股还隐隐作痛,我把手机的手电筒打开,拿出木盒子跟纸条,开始在上面写字……

晓枫,这次你一定要保佑我,保佑我发现的这件事是真的!

随着我在纸条上写下句子,我的思绪也跟着飘回十年前的光棍节——

2007年11月11日。

我一觉睡到下午,我也不知道怎么就睡了这么久,等我醒来以后才发现我们203寝室除了我以外,冬冬她们三个早就不见了鬼影子。明明前几天才跟我说光棍节选择直接略过的,怎么他们都有节目可以出去玩?

而且,还不带上我!

我发短信给冬冬问她去哪里了,冬冬说已经跟陈卫坐上船去上

第五章

海附近的一个海岛玩,两天以后才回来;我又问大猫现在在哪里,她说她难得遇到这么一个节日,当然是找也在上海的其他同学一起过……最后李沁我想一定不用问了,她哪一天是没有约会的呢,更何况,是的,我又想起昨晚麦当劳的事情,她应该今晚会跟莫晓枫一起过的吧。

想到这儿,心脏的位置忽然有点难受,像是有人用手使劲地揉了那里一下。

他们会去什么地方?

他们会去哪个餐厅吃饭?

他们会走在哪条街,听到哪段歌,说一些什么话?他们又会不会突然说到我,说我的什么?说我的好话还是坏话……

不行,我不能再胡思乱想了!

手机突然"嘀"了一声,有一则新短信传进来,我心脏的位置跳得飞快,我的脑海里闪过莫晓枫的样子,是他发过来的短信吗?我的手指有点不听话,开始颤抖起来,我屏住呼吸地打开手机锁屏——

"阳艺雪同学,今晚九点记得去实验室帮老师做碑文拓片!"

噢,并不是莫晓枫,是教历史的马教授,同时也是我们班的辅导员老师。我这个悲惨的命,光棍节不仅要赶期中考的论文,还在

给 19 岁的我自己

前几天一时头脑发热答应帮马教授弄实验室的碑文拓片。

嗯，我自己倒真的忘记了，马教授可是没有忘！

晚上，我吃过晚饭就去实验楼，我听说今晚学生会的人特意在操场弄了个光棍节晚会，到底是我太落伍了还是现在潮流趋势就是如此？光棍节开什么晚会？有什么意思吗？外面一片欢声笑语，实验楼的人几乎都走光了，我在的实验室更是只有我一个人。

我抬头看向窗外，外面的夜色越来越浓重，像是有人故意往天空泼了一桶墨汁，黑得像一个无底洞。远处越来越喧哗，我好奇凑到窗前去看，发现操场边还有人放孔明灯，一只只孔明灯徐徐飘上天空，摇曳的烛火闪着红彤彤的光，像女孩儿娇羞的脸庞。

我无比留恋地看着天空。

不知道，这些孔明灯里，藏着别人的什么愿望呢？

哎，我忍不住叹了一口气，别人的热闹和狂欢，都不属于我。

不过没关系啊，今晚也有这些老祖宗留下来的文物陪我一起过节，我觉得也很棒！

说起碑刻，对历史不太感兴趣的人应该都没听过，其实，古时候有很多重要的碑文或者器皿，因为时代久远或被人恶意破坏而造成严重损毁，而我现在帮老师做的工作，就是用拓片来把石碑上的图文拷贝出来，需要用的工具也不复杂：宣纸、墨汁、木槌，还有

第五章

几把刷子。

我刚刚就把实验室的石碑表面清洗了一遍,然后拿带来的宣纸轻轻盖上,这个时候还要用软毛刷在上面刷一遍,让宣纸更好地附贴到石碑上。

接下来,我拿起一把大刷,先从碑文的中间开始扫,然后扫向四周,这样做的目的就是能够让宣纸和碑文更好地紧贴在一起,不仅这样,还要用手指肚把宣纸和碑面又压实一遍。

还没完呢,这个时候我还要用到准备好的木槌,还有软垫,这也是整个制作拓片的过程中最重要的一个步骤,我先把软垫放到宣纸上,然后拿木槌细密地敲打,直到那一小块碑文完完全全在宣纸上呈现出来才算完成,接着再移动软垫,重复刚刚的动作……这个步骤真的很费工夫,要保证碑文上每一个角落都被木槌敲打到,也要保证宣纸上的碑文是完整的清晰的才算过关。

好了,我使出吃奶的劲终于做完这一切,等风干了,我还要迅速全面上墨,看好时间及时地把拓片给取下来,这样才算最终大功告成呢。

做好这一切,我给老师发了一个短信。我走到窗户边看了看外面,热闹的气氛渐渐没了,我伸了伸懒腰,忽然想起,莫晓枫昨晚跟我说过的话——

"明晚九点,女三舍的阳台见,可以吗?"

他当时问我的时候……

语气难得一本正经,双眼闪着灿然若晨星的亮光,最后他问"可以吗"的时候,好像尾音有一点儿的颤抖。

是我的错觉吗?总感觉他并没有像以往那样在跟我开玩笑,态度诚恳,看我的眼神,也是很认真的。

我看了一眼时间,距离九点只剩下十五分钟,也许,我现在过去看一眼?反正,如果他真的是捉弄我,等我下次见到他就狠狠地揍他一顿!

阳艺雪,其实,你是期待的吧?期待莫晓枫是真心约我当他的模特!不管了,先过去看看吧!

嘎嘣——

忽然,我听见什么声音,从实验室的门口那边传来,我回头,看到一抹高挑的身影在门口前面一闪而过。"谁啊?!"我的脑海闪过各种各样恐怖的小说情节,这大夜晚的,我又是自己一个人在,想不胡思乱想也不行!我打算跑出去,然而……

我打不开实验室的门!

门被人从外面反锁了?!

"喂,有人在外面吗?喂喂喂!"我用力捶打门板,双手拧着门

第五章

锁,可再怎么使劲都没办法打开这扇破门!

是谁啊……

"对了,打电话!"我连忙拿出手机,一看,憆了,手机的信号只有一格,而且悲惨的是,快要没有电了!我拿着手机跑到窗边,试图接收一下外面的信号,我打开通讯录,也不知道可以打给谁,这个时候……我看到莫晓枫的手机号码,眼睛一闭,点开他的号码拨了过去。

然而,电话一直没有接通,我又给他发了一个短信,手机一片沉默。

啪的一声——整个实验室的灯都全灭了,跳闸了。

手机只剩最后一格电。

我打开手机的手电筒,也不知道能坚持多久,整个黑漆漆的实验室有了些许光亮。实验室的角落里放着老师很多得意的木乃伊作品,我这时感觉这些木乃伊都在阴森森地看着我,我尖叫了一声,都快要把自己给震聋了——

然而,没有人来救我。

电视剧不都这样演的吗,这个时候一定会有男主角发现我被人关在这里,他排除万难找到我把我解救出来,并且会给我一个很深厚很扎实的拥抱——我可能真的电视剧看太多了,我又不是女主角,

给19岁的我自己

竟然还敢奢望有男主角从天而降!

"喂,有人吗?!"

时间不知不觉已经指向十点,我又不死心地拍了一下门。不出所料,门外静悄悄的,没有一个人。我靠在门边坐了下去,这时,我听到很轻微的什么声音,"谁!"我吓得拿手电筒一照,看到有一张纸条被夹在实验室的门缝中。

OMG!怎么回事?!

刚刚这里,明明什么东西都没有的啊!纸条太轻,过了一会儿就自己从门缝中掉到地上,我本来就害怕,身后的那一排木乃伊好像都在认真看着我的背影,它们都在取笑我被人关在这里出不去!现在又莫名掉出来一张纸,门外又没有人,天啊,谁能告诉我发生什么事了!

我慢慢地弯下身把纸条捡起来,我被第一句写得很醒目的"TO 阳艺雪"这几个字给吓得要失禁了!是谁故意选在今晚整蛊我啊?这个人难道不知道我胆子也不大的吗?我跟这个人结了什么仇什么怨?我很快又看到下面的字:……稍晚,莫晓枫会出现并且带你走。**小心不要碰到木乃伊,也不要跳窗,最后在他要靠近你的时候,只管闭上眼睛,让他吻你**……记住,好好学习真的不管用!泡到学长才是正经事啊。我是你,十年后二十九岁的阳艺雪。

第五章

下面还有一个奇怪的落款时间：2007 年 11 月 11 日，9:50PM。这……

"到底是谁啊！"我这时再也忍不住了，我一定得吼出来，也得让这个整蛊我的人知道，我阳艺雪并不是容易被欺负的！"有本事做这些无聊的恶作剧：锁门、关灯、写吓人小纸条，为什么没本事出来让我瞧一下？！"其实我已经吓得腿软，"你这家伙，装神弄鬼也要看好时间，还十年后呢！你以为你在拍时空穿越剧吗？！"

为了壮胆，我抬腿狠狠踹了一下实验室的门，力的反作用力迅速把我弹开，然后我很华丽地撞上身后那一排木乃伊。

"妈呀！见鬼了！"我跟其中一只木乃伊差点"接吻"，旁边另外一只木乃伊"砰"地掉到地上去，鼻子还碎掉了，我也一个踉跄跟着它一块儿倒在地上，我狠狠瞪着它，它也似笑非笑地看着我。

"你说！"好了，我不玩了，这位捉弄我的爷，你行行好吧，我投降了！你能赶紧现身吗？！我欲哭无泪地看着这只严重取笑我的木乃伊，嗫嚅地问它："……纸条是不是你写的？"

我看到一大波木乃伊在动！

它们在跳舞，在狂欢，而实验室的电好像恢复了，因为亮如白昼，但整个实验室除了它们以外，还是只有我自己一个！

给19岁的我自己

我也不知道哪里来的音乐,它们听着音乐舞动着自己的身体,好像很兴奋的样子。

其中一只木乃伊把我从地上拉起来,我想挣开它,它反而冲我咧开嘴温柔地笑了笑:明明它的脸上缠满厚厚的白色绷带,哪里能看到五官的表情,我却感觉它跟人类一样,身体也仿佛带有温度。

"没事,我们不会伤害你。"OMG,木乃伊开口说话?在我几乎晕厥之前,这只看似温柔和绅士的木乃伊把我拉到一边,其他木乃伊们一边随性地跳着舞一边礼貌地冲我点头跟微笑,而牵着我的手的木乃伊带着我一起跳舞,我从一开始的不敢,到慢慢小心地跟着它的脚步,再到后来,在他的带领下,我跳得越来越好!

耳畔的音乐越来越激烈、欢乐,我跟木乃伊先生也越来越合拍,跳得越来越好,其他木乃伊们已经停下来,只剩下我跟他还在跳,我在转圈的时候看到他们都在给我们鼓掌……

一曲终了,木乃伊先生来了一个华丽的ENDING,它抱着我的腰俯下身深情地看着我,我的心脏一阵狂跳,脸颊在发烧,它的脑袋越来越低,仿佛就快要亲到我的嘴巴……

"阳艺雪,你醒醒!"

我睁开眼,只看到一团模糊的黑影。

"你是什么鬼!"我情急之下把一记拳头抡上那个黑影的脸,他

第五章

的鼻子好像被我打坏了,发出呜呜呀呀的怪声:"我是你祖宗!"我一听他声音,立刻睡意全无。

是莫晓枫!

"你……好巧啊!"看到他莫名出现在这里,这一晚上我过得惊心动魄的经历全消失不见了。"每次打人都这么准,你确定你没有练过?""对不起啊,"我拍了拍自己的脸,好怕眼前这一刻也是梦境,"你怎么会在这里?你怎么进来的啊?"

他继续揉着被我打肿的鼻子,拿另外一只手指向我身后,我回头看过去,实验室的窗户大打开着,紫色的窗帘被外面的风刮得乱飞,砰砰砰地拍打着窗棂,我不敢置信地走过去,伸出脑袋,看了一眼窗台连接着楼下的水管,我再回头看了一眼坐在地上的莫晓枫,眼眶忽然一热。

"你刚刚……是顺着水管爬上来的?"

"不然呢?"他手舞足蹈地说,"你以为我飞进来?"他慢慢从地上站起来,一步一步走到我身前,我紧张地往后缩,脚后跟很快地抵住背面的墙脚,退无可退。他的眉头轻轻皱着,我借着窗外淡淡的月色看着他,下一秒,我说出口的话温柔得连我自己都不敢相信:"你的鼻子,还疼吗?"

莫晓枫也觉得意外,愣了三秒,随后尴尬地别开眼睛:"还好。"

一时无语。

给19岁的我自己

"你这个笨蛋……"突然，他很小声地开口骂了我一下，"你被李……你被哪个猪头捉弄关在这里，自己知道不？"

我茫然地摇头："可能是不知道我还在这里。"

他张了张嘴，却不再说话了，我也不知道他在想什么。

实验室安安静静的，哪里有跳舞的木乃伊，刚刚不过是我太累了睡过去做的一场美梦而已，然而谁能预料，梦醒以后我才感觉眼前的一切才是梦境：我喜欢的男孩真的排除万难找到我来到我身边，此刻整个世界只有我跟他，再也没有第三人。

莫晓枫忽然牵起我的手。

我感觉自己被电击一般，我头脑发热就把他推开，他一个踉跄几乎摔倒。这时我想起那张吓人的小纸条，上面还写着莫晓枫会吻我还不让我推开，真的很莫名其妙……莫晓枫摸了摸后脑勺："你真的太粗鲁了，我们一起把木乃伊搬回去原位吧！"

对对对，我怎么会把如此重要的事儿给忘记了，要是马教授回来看到实验室被我弄得……不气死才怪呢！

在莫晓枫的帮助下，我们两人一起合力把实验室还原，其中一只木乃伊的鼻子也被我们想尽办法给粘回去，希望不会掉下来……好了，弄好一切，莫晓枫拉着我再次走到窗台前。

"你多重？"

第五章

我被他弄得无语:"你不知道女人的年龄和体重都是秘密,说不得给男生听的吗?"

他轻轻地笑:"我只是在计算待会能不能接住你。"

什么?

"我们,要想回去,只有一个办法可行:那就是跳窗!"

突然,莫晓枫把身体前倾,他的身影毫无悬念从我头顶覆盖下来,我刚想逃跑,他两只手已经从我两边拦截,双手撑起,形成一个人肉保护墙。他直直地看着我,眼神有几分邪气,又有几分真诚。

他的脑袋慢慢低下来,他的脸越来越靠近我……

我吓得把眼睛合上。

然而——

噼啪!我睁开眼,看到我的右手已然停在半空中,莫晓枫不敢置信地捂着自己的左边脸。他慢慢拿起我的手,低头看,一只可怜的蚊子尸体横在我纹路深刻的手掌心上。

我也懵了。

"哦,这么冷还有蚊子!"

他被他这句话逗笑,我被他的笑容感染也跟着笑,我们两个人一边看着对方一边傻傻地笑。

所以,我和莫晓枫……跟"浪漫"两字果然完全搭不上边儿呢。

给19岁的我自己

莫晓枫一下子就顺着水管爬到一楼去,他那动作太利索了,让我不得不怀疑这家伙是不是平常也这样爬来爬去到女孩子的房间……

"阳艺雪,你还傻站着干吗?快点下来啊!"

他站在一楼,脑袋微微仰着看向我,声音压得很低,但语气是满满地不耐烦。

这时,一阵摇晃的手电筒光从远处扫了过来。

"哪个人在那里啊?"

糟糕,是保安大叔的声音!

"你赶紧跳,我接住你!"他已经在底下扎好马步,双手环在空中,双眼专注地看着我的方向,随时等我跳下来。

他说得倒是轻松,我又不是他,一点儿爬水管的经验都没有,哪能说爬就爬,说跳就跳!

他大概也察觉我是不敢跳,声音放软一些:"别怕,我可以接住你的,相信我。"

莫晓枫……

有他这么一句话,我好像突然充满力量。我牙一咬,双腿一蹬,终于跳了下去。

"哎呀!"

第五章

    莫晓枫说到做到，真的把我接住了，不过，我好像太沉了，把他狠狠地压在身下。我只听到他在我下面痛苦地说道："阳艺雪，我感觉我们八字不合。"

    "怎么啦？"

    "我的脚扭到了。"

    这么想来，好像有很多次，只有我跟他单独在一块的时候，我都害他受伤，不是下体，就是鼻子，这次更严重，他因为要接住我而弄伤了脚。保安大叔往我们这边跑来，脚步声越来越重，手电筒光也越来越亮了，我不能因为自己而拖累莫晓枫！

    我环顾四周，竟然被我发现一楼的角落有一部废弃的小推车，真是天助我也！

    "你多重？"现在，这个问题换我问他了。

    "146斤。"

    我把小推车推过来，让莫晓枫坐上去，我发觉折腾到现在我们两人早已满头大汗，"你要干吗？""别废话了！好好抓着，待会甩出去了可不要怪我！"

    "喂！"

    "坐稳了！"

    实验楼旁边刚好有一条平坦且有点下坡的路，我把所有力气都用上，我自己都不能相信，我有一天竟然可以推着一个大男生躲避

给19岁的我自己

保安的追捕。

呼呼的风声迎面吹来。

莫晓枫一开始还吓得不停鬼叫,等我们成功把保安大叔甩开以后,他像个小孩子一样在小推车上雀跃地叫着、欢呼着。"阳艺雪,再快一点,再快一点,太好玩了!"

放在往日,我一定不会那么轻易顺他的意,但可能今晚发生的一切都太奇妙甚至是荒诞,而且,他也真的是帮了我,我也害他受了伤,所以,就乖乖听他一次话。

"哼,下不为例!"我故意凶巴巴地冲他背影叫。

有那么一个瞬间,我希望时间就此停住,停在这一个画面就好,不要再往前走,当然也不能倒退回去。莫晓枫就坐在我前面,他没有回头看我,但我知道他脸上的表情一定像往常一样闪着光那般好看。

像天然的钻石,熠熠闪光。

我心满意足。

2017年11月11日。

我在快要拆除的实验室睡了整整一夜。

这几天真的有点累了,我努力想了一下十年前的光棍节……脑

第五章

海里第一个闪出来的画面，真的是那一张小纸条！

"哟！"我整个人抑制不住地跳了起来，"那张小纸条真的能起作用！不对，是晓枫从四川带回来的木盒子起的作用！"我拿手拍了拍脑袋，我不仅记得那张纸条，还记得自己当时看完那张纸条以后，心里只一心认为是别人在我背后搞的鬼，完全不相信纸条是十年后——也就是今天的我写给从前的自己！

这一下，新的难题又来了，我到底要怎么做，才可以让十年前的阳艺雪稍微相信一下那张纸条上写的话呢，她就算看了但完全不信，也是白搭啊！

不对，就算是现在的我，也不可能一开始就相信这样的事情是真实发生啊！我又怎么能够责怪从前还不太成熟的那个自己呢。

我抱着木盒子离开圣新的旧校区，我连忙打车回去住的地方。

家里还藏着当年我写的日记本，我翻箱倒柜地找，幸好都被我找出来了，日记本还好好的，一本都没有丢掉。

这样想，我还得感激李沁一下，当年是她送我第一本日记本，我才开始有写日记的习惯，当然，毕业参加工作以后我就没写日记了。

我很快就翻到一页泛黄的日记。

"2007年11月13日，天气：晴，心情：无敌郁闷……"

给19岁的我自己

天啊，我想起来了，实验室事件以后，没过两天，马教授就发现实验室的木乃伊被人损坏了，就算同学看不出来，他可是教了几十年书的老教授，一眼就看出木乃伊的不对，他特别重视这些古老的玩意，据说发现木乃伊被人恶意损坏以后，他闷闷不乐了一整天，跟校长说一定要把搞破坏的学生给抓出来。

2007年11月13日。

我一早就听说马教授因为木乃伊的事情发了很大的火，早上有他的课统统都改为自习，冬冬跟我们班的同学都在讨论这件事，他们完全没留意到我脸上的心虚，自顾自地说："……但我刚刚收到消息，说有一个男生主动自首了，说是自己想去实验室偷木乃伊的，结果第一次作案所以把木乃伊弄坏了。"

其他人一听，忍不住笑了："天啊，谁那么傻还跑去偷木乃伊？是要拿来卖钱吗？"

自首了？是谁跑去自首了？

我们一群人刚好经过处分公告栏，马教授一脸愤怒地把处分通告贴在那里，等他终于走远，我们才敢小心翼翼走过去。

"啊！偷木乃伊的人，是莫晓枫？"

所有人都冲过去看热闹，通告上明明白白写着莫晓枫的名字，我却感觉浑身冰凉。莫晓枫，他傻啊，干吗自己一个人跑去自

第五章

首啊!

而且,他凭什么问都没问过我,就自作主张一个人跑去马教授那把所有罪都揽下来?他凭什么这样做?

不行,我这就要告诉其他人,破坏木乃伊的事情我也有份!

"阳艺雪,你看到没,我们要不要通知李沁……喂,你去哪儿啊?"

那一刻,我到底在想些什么呢。

我并不擅长跑步,就算平时早起跑步也是以一种慢悠悠的姿态进行,但在那个时候,我看到莫晓枫的名字无辜地挂在处分公告栏里面的时候,我突然觉得,我的手脚四肢都像是被人强行注入了强大的力量,我必须以最快的速度冲到他面前去,我当时只有一个念头:我不能让莫晓枫自己一个人承担这些!

是一种我自己也说不上来的感觉——

它支配着我,让我失去理性;它同时引导着我,让我敢做平时所不敢做的事;它像一枚炸弹,燃爆的一瞬间让我热血沸腾;它并不是什么可怕的东西,它是深藏在我身体内的一只小怪兽,也许从前我不曾注意过它的存在,但这一刻,它确确实实开始苏醒过来。

可当我看到李沁的时候,我的理智慢慢归位。

我看到她手足无措地站在教师办公室门口,她很想进去办公室,

给19岁的我自己

不停在门口来回踱步,而我也看到她脸上真真切切的紧张,这个时候,我有点讶异自己为什么会出现在这里!

李沁看到我了。

"阳……"她开口想叫我,蓦地住了嘴。

"莫晓枫是在里面吗?"她的脸色不太好看,仿佛我有得罪她一样。"他是在里面,但现在谁都不能进去……喂,阳艺雪!"

李沁想拉住我,被我一个用力就挣脱开。她不敢置信地看着我,我忽然心虚:"对不起啊。"

我的力气不知道是从哪来的,也许,是莫晓枫给我力量。

我没有见过这样子的莫晓枫。

脑袋耷拉着沉默着不说话,从前总是意气风发的眼神此刻只有压抑着的愤懑,保安大叔跷着二郎腿坐在电脑前,他把保安室的录像拿过来教师办公室给马教授看,然后慵懒地开口:"幸好我们这有不断电的录像系统,就是距离太远了,人看不清。"

人是看不清样子,但还是能一眼就看到屏幕上有两个人,一个长发女孩跟一个短发男孩。

马教授几乎气坏,他义愤填膺地说:"你们年轻人要约会就到别的地方去啊,干吗要到实验室来?还弄坏了我的木乃伊!莫同学,我看你还是乖乖说出跟你同行的另外一个女生是谁吧,自首从轻

第五章

发落。"

莫晓枫随后发现了我，他一定是没想到我会跑过来，他本来就站在保安跟马教授身后，他用夸张的口型对我说："你赶紧走吧！"我装看不见。"马教授！"马教授没料到我突然闯进来，一脸的惊愕。"其实木乃伊是我弄坏的。"

保安大叔的眼睛蓦地一亮："对，这女孩的声音我记得，就是她了！"

所有人都把目光齐刷刷地看向我，尤其莫晓枫的眼神特别炽热，仿佛要把我烤熟一样。

马教授对我很失望："阳艺雪，是你？木乃伊是你跟莫晓枫一起弄坏的？莫晓枫的女朋友不是校花李沁才对吗？"

莫晓枫看着我，我也看向他，保安大叔跟其他看热闹的老师忍不住小声地笑。话一出口我其实万分懊悔，毕竟我是一个女孩子，莫晓枫大概也是不希望我当众出糗，不想看到我被别人说闲话，才会愿意这么帮助我。

我感激地看着他，其实，他的为人真的是很好的，不是吗？

一只宽大的手掌忽然轻轻握着了我，我回头，看到莫晓枫悄无声息地把手缠了过来。我猜测着，他的手掌比我要大一倍左右，掌心应该有着复杂的纹路，他看起来跟我一样紧张，掌心微微潮湿，

给19岁的我自己

有一层细密的汗。

他就这样突然牵住了我，温柔的，不动声色的，就像外面风和日丽的天气，温和礼貌的阳光，又或者只是水龙头里哗哗流动着的透明的水，不夸张，不喧哗，带着一种沉静却庞大的力量。

他静静地注视着我，嘴角弯起一个明媚的弧度，仿佛在对我说，不要怕，有我在。

一股蛮狠的力量忽然打击了这一切的温柔，我跟莫晓枫被一股从后而来的力量分开了。

李沁突然闯进来，顺带着把我跟莫晓枫分开。

她站在我们两人中间。

"跟晓枫弄坏木乃伊的人是我，不是她！"是错觉吗，我总感觉李沁说这话的时候像那些时装剧里面演的正宫，而我就像是一个很卑劣的抢走她爱人的小三，这一下倒好，她说得这么理直气壮，我有点儿缓不过神来，还真的有那么几秒钟以为自己做了十恶不赦的坏事。

"李沁，够了！"莫晓枫狠狠地推开李沁，李沁的脸色变得惨白，似乎不敢相信莫晓枫会这么对她。

"你谁啊你？根本就不关你的事，你以为你顶罪我就会感恩戴德吗？"

第五章

莫晓枫这次是彻底被激怒了,他很生气,把声音提高八度,整个人歇斯底里近乎失控一般。

李沁的眼里顿时充满泪水。

"你们赶紧看这边!"自从李沁进来以后,没有人看电脑上的录像画面,这时保安大叔突然发现什么,我也跟着凑过去看电脑上播放着的录像:我慢慢走近木乃伊,然后因为实验室断了电我看不清东西,不小心就推倒了那只木乃伊……

这下真相大白,我就是那个做错了事的人。

"看吧,不关他们的事!"我大声对保安大叔和马教授说。

莫晓枫抱着手臂,深深地看我:"阳艺雪,你是不是觉得自己特别有能耐?"

我感觉他这句话更像是揶揄,"那你是不是觉得帮我扛罪就特别能耐?"我们又像从前那样斗嘴,热热闹闹,乐在其中。

他好看的笑容重新回归,一张俊脸有了飞扬的神采。

而我,恰恰就是喜欢他这样吧。

"你们可以不要无视我的存在吗?!"

李沁的脸在瞬间涨成了猪肝色,精致的妆容也掩饰不住她越来越旺盛的怒火,她虽然是冲我们反问,但她的眼睛一直恶狠狠地盯

给19岁的我自己

着我看,我在她的眼里看到一丝让人不寒而栗的东西,例如憎恨,例如讨厌……

怎么会这样?

李沁她在讨厌我吗?

这时,电脑屏幕又被切换到另外一个画面,我伸过脑袋看去,这一看,我整个人快要爆炸一样:是莫晓枫想要亲近我的画面!

我不想重温这一幕,我回头看到他站在我旁边,反而看得津津有味。

我狠狠踩了他一脚,这次他终于学乖,很轻巧就躲过去。

马教授终于忍不住大发雷霆:"你们两个是把实验室当成钟点房了吗?!"

我看向李沁,她一声不哼,扬手就给了我一个清脆的耳光。

我被她打蒙,耳朵开始听见嗡嗡嗡的声音。

眼前这个女孩,她露出一张无比狰狞的脸,真的是我一直以来认识的那个李沁吗?

"李沁,你疯了?!"

莫晓枫想也不想就推开她,然后英勇无畏地挡在我面前,不让李沁再靠近我。我不知道李沁当时在想什么,她一定没有想过,她口口声声的男朋友,也就是校草莫晓枫,在这么一个时刻,在那么

第五章

多老师的面前,大声责备她,亲手推开她。

如果我是李沁,我大概会心痛得无以复加。

李沁转身就跑出办公室,我以为莫晓枫会追出去,他却只是转过身来,弯下身,看着我:"给我看看你的脸。"他说这话的时候声音很小,像耳语,我拿手紧紧地捂着被打的位置。我多么想也跟李沁一样不管不顾地跑出去,我也不要留在这里丢人现眼!李沁是圣新的校花,又是我的好朋友,可是她竟然当着这么多人的面毫不留情地打我,她竟然不相信自己的男朋友,也不愿意相信我。

莫晓枫这时严肃地对我说:"看吧,我就说我不是李沁的男朋友,如果我是她男朋友,我早就追出去了,哪用得着看你被她打得重不重。"

我鼻子忽然很酸涩,又不知该如何是好,只有低着头走出办公室。

"你啊,以后不要胡乱相信别人说的话,这个世界上啊,安好心的人好像真的没有几个……"

"那你呢?"话一出口,我跟他都明显一愣,我也不知道为什么要问这个问题,"你跟我说的话,也不能相信吗?"

莫晓枫条件反射地回答:"你可以完全相信我!"

看我在发愣,他趁机拿走我捂着脸的手,他像是牙疼一样猛抽了一口凉气,看他的表情,我就知道我的脸很难看了。

给19岁的我自己

"肉丸就算脸变肿了,也一样好看呐。"

莫晓枫,他又在开我玩笑了吧。

他可能也不只是单单开玩笑,他在抚慰我被赏耳光的情绪,又或者,他觉得我可怜,才没头没脑地说出这么一句话来。

我对他苦笑,很想用力甩一下头,把刚刚所有的不愉快给甩走,然后像电视剧里被女配角折磨和诬陷无数遍、依然有着打不死的小强精神的女主人公那样,跟男主角说,"没事,我不会被打败的!"

可是,我说不出来,我甚至连一个笑容也摆不出来。

"肉丸,想哭就哭吧,"莫晓枫很大度地拍了拍他的右肩,眼睛里盛满细碎的温柔,这样的温柔,真的让人感到温暖,"大不了我把肩膀借你二十分钟……"

莫晓枫把我送回去女三舍。

这一路,很多路过的同学都看着我们,他们在窃窃私语着什么,他们在大声讨论着什么,我故意放慢脚步,不上前跟莫晓枫走在一起。他大概也听到这些人对我们评头论足,可他依旧气宇轩昂地走在我面前,后背挺得笔直,给人的感觉,是那种可以给他心爱的女孩遮风挡雨的好男人。

"肉丸,你走那么慢干吗?"他应该是不耐烦的,但语气里藏着几分我听不真切的宠溺,我冲他摇头,让他继续走自己的,不要管

第五章

我好了。

他不理我，大步流星走回来，我没数过了几秒钟，他已经出现在我面前。

他看我仍然一动不动，索性一把抓过我的手腕。

"天啊，莫晓枫跟阳艺雪？"

这是第一次，我这辈子第一次，真真切切地感受到那么多人的目光是放在我身上的，我不优秀，也不漂亮，只是一个很普通也很平凡的女孩，会害怕身材走样所以不停想办法减肥，会因为自卑和不自信所以不敢跟过分优秀的人成为朋友，也会像同龄的女孩那样渴望有朝一日跟心爱的白马王子相遇相知相爱谱写一场浪漫的童话，然而现实永远都是骨感的，我也不是故事里的主角，所以很多时候都甘于平凡，觉得这大概就是我阳艺雪的人生。

我理应得到的人生。

可是，莫晓枫是不一样的。

他从小到大都是别人眼中的焦点，他一直以来都十分顺遂，没有遭遇过挫折，想要得到的东西，他可以不费吹灰之力就得到，他有出众的外表，就算性格很差，至少长相这一项就是大大的加分项，更何况，他其实心地也很好，只要跟他接触多了，你会发现他更多的时候像一个故意耍脾气的小孩，他不会无理取闹，也不会无中生有，他其实很诚实，也很在意别人的感受，只要你留心体会，你不

给19岁的我自己

难发现他的优点,多得数不过来……

试问这样的男孩,我怎么敢奢求拥有?哪怕只有短短一秒……

莫晓枫的手机一直在响,他也没看是谁给他打的电话,后来他觉得烦了,直接把手机关机。

把我送到女三舍的楼下,他却不愿意回去,我了然地点头,我猜想李沁已经回去了,可能也一直在等他。

莫晓枫看了看我,又看了看自己的鞋尖。

有风吹过他黑色的头发,把他的刘海旋起一个弧度,也把他的天蓝色衬衣吹得饱满了起来。他只是静默地站着,眼神染上这个秋天该有的淡淡的忧愁。他似乎在回忆什么,眼神变得柔软,神情也有几分陷入回忆的状态当中。

"阳艺雪,其实从很早以前,我就对你……"突然,我的手机尖叫起来,是冬冬打给我的,她让我赶紧回去寝室,李沁在等我。我哦了一声,挂断电话,莫晓枫有听到冬冬的话,她说的太大声了,我也没把耳朵贴上手机。

他刚刚准备的一肚子的话,不打算说下去了。

"不过,我要提醒你一件事,"莫晓枫暂时不陪我上楼,"光棍节那天我在女三舍的阳台没有等到你,李沁反倒自己过来了,我问她

第五章

你在哪，她却告诉我，是你让她过去找我的……"

"我，我从来没有跟她说过这件事！"

"放心，我相信你。"他苦笑，"我也怀疑，是她把你锁在实验室里面，不让你有机会出来。"

天啊！

"李沁她不可能做出这样的事！"

莫晓枫隐忍着，抿了抿唇，随后，似乎用尽力气从牙缝里蹦出一句话："我就知道你不会信。"所以，他才忍着不说？以他的性格，他能忍到今天才说，也是很不容易。

我也不是不相信他，只是，我觉得以我对李沁的了解，她不可能会做出那样的事情来。

莫晓枫转身的时候一脸的失落，他似乎在等我跟他说点什么，我却迟疑不决，他终于摇摇头从我视线中消失。其实，我多想从背后拉住他，跟他说一声"我相信你"，可我没有这样的勇气，我有勇气跑到老师面前承认错误，却没有勇气拉住我心爱的男孩让他不要走。

我的脚步变得很沉重，平时总觉得很短的楼梯，要花费我三倍的时间才能走完。

像是赶赴刑场一样的心情。

小时候，每次我考试考得不好，我都有着类似的心情，我怕回家，更怕回家以后要从小书包里掏出那张画了一个难堪的分数的试卷，我害怕面对爸爸的目光，我也害怕他看到那个考砸了的分数后会狠狠骂我。

那是小时候，小时候的我总期盼长大以后就没有这些烦心事，我不用再害怕考试，也不用害怕爸爸妈妈会因为成绩而骂我，然而，长大以后的世界才是真正的复杂，小时候一张成绩单就可以划分快乐和悲伤的事情，我这辈子已经没法再体会。

我刚走到203的门口，李沁就把以前送我的一个包砸了过来。

我明明看见了，却没有避开。

"阳艺雪，防火防盗防闺蜜，我真的没有想过你会以我好朋友的名义抢走我的男朋友！"

李沁已经失控，但诚然，就算她情绪崩溃了失控了，她依然有着惊心动魄的美。

"李沁，你听我解释一下，我跟莫晓枫什么都没有！"天地良心，我是偷偷暗恋莫晓枫不错，但我还是有良知的，只要我跟李沁是一天的朋友，我就不会做出对不起李沁的事情！

"刚刚那份录像，我都看见了，你还有什么脸在这里狡辩？"李沁的话很重也很过分，冬冬跟大猫都听不下去了，挡在我跟李沁中间，想让她停战。李沁只是愤愤地拨开她们两人，她几步逼近我，

第五章

脸色铁青，我看到她红润的嘴唇再次张开，吐出的语句越发清晰，她仿佛成了一个念着咒语的巫婆，眼神恶毒，声音冷得不近人情："我知道你也喜欢莫晓枫，你不要不承认了。"

我被她这句话击败，我顿时什么话都说不上来。

整个寝室都安静了，安静得只能听见李沁她因为愤怒而变得粗重的呼吸声。冬冬觉得李沁在发疯，她跳出来替我打圆场："李沁，话不要说太过了啊，适可而止啊你，你真的以为谁都觊觎你家的莫晓枫，人家阳艺雪根本不喜欢……"

"你闭嘴！"李沁狠狠呵斥冬冬，冬冬哪里受过这样的气，耳根都烧红了，要不是大猫拉住她，她跟李沁可能又是一场大战。

李沁重新把脸转向我，她邪恶地笑着，像是在欣赏着我的难堪。我不知道我当时是什么样的表情，我只觉得很难受，那种被戳破心事又无所遁形的感觉，简直，生不如死。

"如果你没有喜欢他，为什么刚刚在教室办公室老师说你跟他是情侣的时候，你不说清楚？还有，光棍节那一天他喊你去当模特，你为什么不拒绝？"

我感觉我的耳膜都要被她的话给震破了。

"我没有答应他去当他模特……不对！"我感觉不对劲，为什么李沁会知道我跟莫晓枫的阳台约定？"你为什么会知道这件事？"

147

给19岁的我自己

她自知失言，可还是说得理直气壮："我是他女朋友，他跑去见别的女人我能不跟着吗？！"

我这时好像又听见莫晓枫无比肯定的话："看吧，我就说我不是李沁的男朋友……"

我决定相信莫晓枫。

"是莫晓枫自己说的，他跟你根本不是什么男女朋友的关系！"

李沁的脸霎时变得惨白。

冬冬跟大猫也觉得不可思议。

我感觉我的声音变得特别高亢，像是独自一人站在空旷的舞台上，到处都是回声，回荡着我刚刚的那一句话。

可能，连我自己都不知道，我为什么决心相信莫晓枫。他就不可能欺骗我吗？他就不可能背叛李沁吗？他就不可能……可是，我就是相信他，这是一种我自己也不理解的行为。

像是某种信仰，让我坚定，也让我放心。

"阳艺雪，"李沁突然冷笑了，"你为了抢走莫晓枫居然怀疑我？你别装了！"她把目光看向站在旁边的冬冬跟大猫，"你俩给我作证，阳艺雪说的话都是假的！你们都不要相信她！"

说罢，她开始掩面痛哭，我以前都没有看见过她哭，可是今天，她因为莫晓枫的事一连哭了两次，她可是李沁啊，圣新有名的校花，多

第五章

少人奢望自己有她一样的容颜跟家世,多少人羡慕她拥有着特别又美好的人生,可是她为了一个男生在我们面前卑微地哭泣着,多惹人垂怜。

我想扶她起来。

她条件反射地碰了碰我的手,然后,我看见她咧开嘴角朝我笑,却是那种阴森森的笑容,我来不及惊呼,她整个人狼狈地跌坐在地:"阳艺雪,你推我?"她楚楚可怜地质问我,泪眼婆娑。

李沁……我越发觉得她可怕,我明明没有推她,她也可以因为有别人在所以不惜一切代价而诬蔑我。

"学姐!"李沁的一个学妹经过我们寝室,然后冲了进来,她神情慌张,手上拿着一张A4规格的白纸。她看到我也在宿舍,脸上多了几分防备,她把纸拿给李沁跟大猫看,大猫一把夺过来,给我看。

公告上的内容并不复杂,有我、莫晓枫还有李沁的照片,不知道是谁拍的,很模糊,应该是趁我们不注意的时候偷拍的,然后写了我介入莫晓枫跟李沁之间的感情,破坏他们两人的关系,是一个十恶不赦的小三。

小三……

我就算喜欢莫晓枫,但也有所谓的自知之明!

我把这张公告揉成一团,然后离开寝室,走廊上人来人往,她们手上都拿着跟我手上一样的公告,看见我的时候,她们纷纷自动

给 19 岁的我自己

自觉地退开,仿佛我的身上带着可怕的能够传染的病毒。

我深呼吸一口气,又呼吸一口气,我不敢想是谁把这样的纸复印了然后传遍整个圣新,也不敢想如果我稍微表露出一丝一毫的羞愧,这些看好戏的同学会怎么抨击我。

我努力佯装平静,我自感问心无愧,我必须咬紧牙关穿过这些声音跟眼神,我必须堂堂正正走出去。

"你看看,是阳艺雪!"

"天啊,就她这样子也敢跟校花抢校草?"

"真不知道她哪里来的自信当小三,聊天室攒回来的吧!"

"莫晓枫看上她,是瞎了眼吗?"

然而,我好像并没有多能耐,如果我是真的卑鄙地抢了好朋友的男朋友,那么这些骂我的话,我统统能够接受,可是,我并没有!我连对莫晓枫的喜欢都是小心翼翼的,他们凭什么看了别人写的话就骂我是小三?

"你们统统给我住嘴!"

我以为是自己出现幻听,可我抬头,真的看到莫晓枫再次出现在我面前,他像一个疯子那样在走廊上来回穿梭,把女生们手中看着的拿着的公告统统抢过来,他像是握着一个定时炸弹一样,脸色十分凝重,最后,他看着我,目光变得无限温柔。

第五章

"对不起,我来晚了。"

他这一句话,分明是对我说的,刚刚那一路走来我被骂被诋毁,我都没有要掉眼泪的冲动,然而莫晓枫轻声对我抱歉,我却不知所措,眼眶一片湿热。

他掷地有声地对走廊上围观着的同学说道:"我不管这张公告到底是谁发出来的,我只想说一句,我跟李沁,不管是过去、现在还是未来,都不可能是一对!"

顿时,所有人都不敢吭声,莫晓枫也从来没有在人前发过这么大的火,女生们都怕了。

我却觉得他无比英勇,心里面默默给他鼓掌。

"阳艺雪,我们走!"他一把甩掉手中的公告纸,拉起我的手,把我带离这个是非之地。

如果这一秒是偷来的……

莫晓枫,我真的好想对你说一声,谢谢你,在我最无助最痛苦的时候,义无反顾地出现并且把我带走。

也谢谢你,让我觉得,我的青春虽也付出一些惨痛的代价,但是,不值得后悔啊。

因为,我遇到了你。

"莫晓枫，不管怎么样，我还是很想谢谢你。"

我们一鼓作气跑到操场，操场上人也很多，打球的跑步的散步的什么样都有，十几二十岁的青春，好像真的只有在校园里才能发挥得淋漓尽致。

天空湛蓝如镜，我顿时感觉神清气爽。

莫晓枫回头，深深地注视着我。"我跟李沁，真的从来没有在一起过。"

我冲他点头，"你说过好多遍了，我如果不相信你，还会任由你拉着我跑走吗？"我也回望着他，回应他刚才的话。

我希望气氛可以和缓一些，我不想我们之间的话题只剩下这件事可以说。

他忽然拉起我的手。

"你知道我为什么不接受李沁吗？因为我早就有喜欢的人！我很清楚她的课表，我因为她开始相信星座，她每次回头看我的时候我心里都紧张得要死，她没在老师面前否认我们是情侣的时候我高兴得要死！她的裙子被风吹起来的时候，我真希望附近的人眼睛都瞎掉……"

不会的……

怎么会这样呢……

我有一种快要晕眩过去的感觉，莫晓枫他在表白？他在跟我表白？他为什么会跟我表白啊？他为什么会喜欢上我啊？他明明……

第五章

不应该喜欢我才对啊！我的脑子一团乱麻，像有一张大网从天而降，把我包裹成一团，把我紧紧缠绕着一般。他生怕我会逃跑，另外一只手也紧紧拉着我，他拔高声音，十分郑重地对我说："阳艺雪，我喜欢的那个人是你，是你！你听见了没有？"

莫晓枫不喜欢李沁，他喜欢的人竟然是我！

我听见了。

他不打算放开紧握着我的手，他的掌心烫得惊人，这时我突然听到谁在人群中惊呼了一声，我回头看过去，才发现我跟莫晓枫已经成为全场的焦点。

所有人都停下手里的一切，看着我们。

这时，冬冬跟大猫也赶过来了，她们的身影一晃一晃的，她们也看见我跟莫晓枫牵手了，两人的脸上有着吃惊和震撼的表情。

半个小时之前，我还在寝室信誓旦旦地保证我跟莫晓枫什么事情都没有，这一刻，我又在这里做什么，莫晓枫他一时冲动，难道我也该陪着他一起做这么冲动的事情吗？

阳艺雪，你知道不知道自己在做什么？！

我整个人惊醒了一般，连忙松开莫晓枫的手。

是的，刚刚的那一切，包括莫晓枫对我的表白，真的就只是一场梦而已。

给 19 岁的我自己

"小雪……"莫晓枫愕然地看着我,眼睛写满困惑,他重新想拉起我的手,我故意躲得远远的。

他无比挫败。

"你不要过来!"我用只有我跟他能听见的音量说话,天知道,我竟然会被喜欢的男生表白,然而,我却必须狠心地拒绝这个我喜欢的男生。对不起,莫晓枫,在这个风口浪尖上,我没办法接受你的心意,没办法鼓起勇气跟你站在一块,我是一个胆小鬼,我怕我跟你在一起以后,我跟你都会被别人骂得很惨。"不要再接近我了,我没有你那么勇敢,我不可能跟你在一起的!"

我不敢看莫晓枫的反应,不论他这时候脸上显出什么样的表情,我都怕看一眼,就会崩溃。

莫晓枫,我不是不爱你,我只是,没有勇气和这样美好的你在一起,我怕舆论,我怕流言,也怕李沁会伤心,更害怕将来某一天等你厌倦我的时候,会后悔当初头脑发热喜欢我并且跟我表白……

关于爱情,我什么都怕,什么都不敢,我明明渴望,却三番五次却步,试问我这样的人,有什么资格去谈一场好的爱情?

转身跑走的那一个瞬间,我真的以为,我没有做错。

我把一切的不可能就这样扼杀在摇篮中。

以后,莫晓枫会感激我的吧?!

第六章

2017年11月13日。

有时候,我会觉得,我其实并没有改变什么,十年的时光,倏忽而过,现在回想从前发生过的一切,都感觉很不真实,像是在看作家们写的小说、明星们拍的电影那样,我完全可以做到置身事外,偶尔会因为一些小细节被打动,觉得有共鸣,但眨眼工夫过后,就什么感觉也没有。

也许,并不是我无情,只是我距离曾经真实发生过的感动,已经太久远了。

久到我感觉,我再也不会再为了一个人,有真正的喜怒哀乐。

下午的时候我又回去圣新,毕业以后我再也没有回来过,昨晚临时赶回来也没来得及好好看看母校的变化,其实,也没变化多少,教学楼的外墙变得斑驳,圣新最有名的就是那一排排高大的梧桐树,现在绿化带还是维持得很好。保安和食堂的叔叔阿姨已经换过好几拨人,学生们一身高科技的装备也比十年前的我们强多了,每人手

给19岁的我自己

上都是一台智能型手机,拿着笔记本电脑,衣着打扮都青春靓丽又有时尚个性,他们笑着闹着从我身旁走过,脸上水嫩得让人想狠狠掐一把。

这时,我不能不感叹,时光催人老,青春一去不复返。

我们曾经住过的女三舍早就不住人了,太老旧了,整栋楼也属要拆迁的范围。

我给冬冬打电话,说我现在就在圣新,她还在上班,电话里能听到一阵清脆利落的敲打键盘的声音,她后知后觉地问我:"你在圣新?回去干吗?重温大学时光?"

我还是不敢跟她说那个木盒子的事情,只简单地说:"对啊。"

"艺雪,你还好吧?听说你跟你男朋友分手了?"

"对啊。"

"你……"冬冬在电话里气结,"也不能一时冲动就分手啊!你想想看,你也快三十岁了,现在还上哪里找你男朋友……哦,前男友这样好的人?"

我以为,冬冬会理解我的,就算不理解,也不会像个别亲戚那样声讨我。她可能也觉得自己的语气不好,跟我说了一声抱歉,我们彼此听着对方在电话里的呼吸声,我突然冲她笑了。

"你笑什么?"她不解地问。

"没什么,"我坐在长椅上,头顶是某一棵高大的梧桐树,细碎

第六章

的阳光通过树叶间隙漏了下来，洒了一地光影，"今天天气太好了，我有点怀念从前我们二十岁的时光。"

"哎。"她叹了气，"都回不去了，与其怀念，不如继续大步往前走。"

"如果能回去呢……"我看了一眼怀抱里的木盒子。

"你说什么？"

"没什么，你好好工作，拜拜。"

十年前，大概也是这个位置附近，我跟莫晓枫奋不顾身跑了一段路，我们的心跳都很快，也不知道要跑向哪里，却还是听从自己内心的声音逃离别人的世界。最后我们停在这里，他握着我的手跟我表白。我拿出怀抱里的木盒子，我希望它这次可以好好保佑我，我还拿出纸笔，开始给十年前的阳艺雪写信：

……那一天一起跑过的那段路，说长不长、说短不短，但好像已经跑完了我整个青春。虽然十九岁的你，一边是友情，一边是爱情，你以为这是一道选择题，但其实爱情是一道是非题！只有爱或不爱而已。

从前的一些片段飞速在我面前闪过。

给19岁的我自己

那次拒绝莫晓枫的表白以后,他总是想方设法出现在我面前,我抱着洗好的衣服去阳台晾衣服会看到他,他一看到我会扬起一张笑脸,抱着木吉他给我弹琴唱歌,说实话,他弹吉他的水平比第一次听他弹的时候好很多了,他唱歌也好听,但一看到他也在,我连衣服也不晾直接转身就走。

图书馆我经常坐的位子会看到他偷偷从麦当劳带进来的薯条和可乐,他像我上次那样,用很多很多薯条拼成我的名字,就一个"雪"字,我知道他就在附近偷偷观察着我,我狠心地把他的薯条弄乱然后头也不回地离开图书馆。

早上我还是像以前那样起得很早去操场跑步,莫晓枫也会在,他远远地在我背后跑着,有一次我不小心摔倒,他飞快地跑过来想把我扶起,我怒气冲冲朝他吼一句:"不要!"他一脸受伤地退后几步,我很酷地又爬起来,继续跑步,不被任何人发现我心里的难过……

为了尽量减少时间待在学校,其实明摆着要避开李沁跟莫晓枫,我在学校附近的甜品店找了兼职,有时候上夜班要十二点才下班,莫晓枫就一直默默地等在那里,不论刮风下雨都等,同事们都问我他是不是我男朋友,我摇头,说不认识他,他也不会走过来跟我说话,每一次都默默地尾随我护送我一起回去宿舍……

可我仍清楚明白,那些披星戴月的时光,他默不作声地陪伴跟

第六章

守候,也是一场类似于海啸那般磅礴跟盛大的感情,他知道我没有办法接受,他也不想看到我难堪,于是以朋友的身份一直默默陪在我左右。

这些,我都统统知道。

我穿过闹哄哄的人潮跑去女三舍的阳台。我随便找了一个位子席地而坐,在我眼中,晓枫留下来的木盒子发着光一样,我抱着它,像抓着最后一根救命稻草一样。我准备又要写信,执笔的手开始颤抖,我也不知道这张纸条能不能准确送到十年前的阳艺雪的手中,我只恳求那个她可以认真看看这张纸条,不要让悲剧再次发生……

2007年11月14日。
我知道莫晓枫就在我身边。
不论我走到哪里,我总是感觉他就在我附近,虽然他不再出现在我眼前。我有时也会无比怀念那样的时光:我跟他不期而遇,有时候是在宿舍走廊上,有时候在女三舍的阳台,又或者是在食堂、小卖部跟操场……每次我们见面,都可以毫不留情地打击对方,就算他总是叫我肉丸,过程其实都是欢乐的,那时候的我们,没有太多复杂的情绪,喜怒哀乐都全写在脸上,明明认识也不算很久,却像多年的老友一样,可以开着无伤大雅的玩笑,可以偶尔亲密演一

给19岁的我自己

下情侣只为购买两杯浪漫新地能够打折……

可是,莫晓枫跟我表白了,也就意味着从那一天开始,我们的关系不能再回到过去,也不可能再往前走一步。

也是从他表白的那一天起,除了冬冬跟大猫她们,其他同学不愿意再搭理我,甚至有好一些李沁的死忠粉,会给我写一封封恐吓信,会到处说我的坏话,让更多的人孤立我、排挤我,偶尔我从走廊上经过,或者抱着书本准备去上课,都会有好多我不认识的人朝我吹讽刺的口哨,让我赶紧滚出圣新大学,他们肆无忌惮地骂我是三八,是专门拆散人家模范情侣的小三……

我感觉头皮一阵阵地发麻,身体也抑制不住地颤抖,我努力捏紧我的拳头,让自己的表情看上去无比正常,我一定要撑过去,撑过去就好了!我在心里面跟自己说,绝对不能向这些人低头,只要我脸上露出一点儿承受不住的痛楚,他们就会笑得更得意,更会想新的办法整我、打击我,让我痛不欲生。

还有多难听的话呢,你们都统统给我骂吧!我阳艺雪没什么好怕,我走得正行得正,没有做任何亏心事,等过一阵子这些人觉得厌倦了自然不会再说我了。

可是很快,我就发现自己小看了李沁在圣新的号召力。

我的很多课本突然不翼而飞,老师布置在电脑上完成、最后需

第六章

要用U盘交上去的作业,等到了老师手里,她会突然找到我跟我说U盘里并没有我的作业……这样的事情开始频繁发生,还有一次更过分,一次历史课以后轮到我跟一个女同学留下来打扫卫生,那个女同学自己先走掉,剩我一个人把整个能坐满两百多号人的大教室清洁完,第二天一早我却被马教授叫到办公室去,他跟我说大教室一片狼藉,教室里面堆满发出臭味的垃圾。

我顿时傻了眼。

这时突然跳出来几个我不太熟悉的同学,他们说亲眼看到我把准备好的垃圾倒到大教室里面去,马教授最相信眼见为实,而且那几个口口声声告状的同学平时成绩也很不错,他也觉得这几个人不可能欺骗他。马教授把脸转向我,恨铁不成钢地对我说:"阳艺雪啊,老师记得你刚来的时候很不错的,怎么现在……跟校草谈了恋爱以后整个人都变了?变得这么邋遢跟不负责任?"

那几个来告状的人很小声地笑,我咬着嘴唇,嘴唇跟牙齿之间缠绵得快要勒出一道血痕,终于,我又一次妥协,我对马教授说:"对不起,老师。"他失望地冲我挥手,让我自己一个人把大教室的卫生清洁干净才准离开。

我拿着扫帚,回到空荡荡的大教室,也不知道是几个人弄的,散发着臭味的垃圾遍布大教室的每一个角落,要打扫干净起码得要一小时以上。我没有口罩,只能抬起左手用袖子捂着鼻子,右手慢

给19岁的我自己

慢地一块一块的区域去清扫那些垃圾。

李沁风风火火地出现在我面前。

为了躲开她,我都尽量不在寝室待着,我努力让自己每一天都过得很充实,上课、看书、兼职,回到寝室就直接洗澡睡觉。当然,我也试过有几个晚上冬冬跟大猫没在,李沁恶心地把寝室的门给反锁不让我进去,我也深知其他寝室不可能让我进去睡觉,我就又走出学校找小旅馆将就着睡一晚。

她不论什么时候都这么好看,都已经是十一月的天气,她不畏寒冷穿一身大红色的长裙,一头瀑布般的长发新染了浅金的颜色,她的嘴角挂着邪恶的笑容,看我的眼神也特别冰冷,像浸过冰水一样。

"阳艺雪,打扫卫生好玩吗?"她抱着手臂,像个女王一样,嘴唇也涂了跟她裙子一样的颜色,等她走近我,我发现她没有我所想的那么好看,变成一只妖娆可怖的魔鬼!

我默不作声,继续清扫教室的垃圾。

"哟,还不说话呢!"她施施然来到我眼前,她那双高跟鞋踩在地上的声音特别清脆,一下一下敲击着我的耳膜,我再次感到头皮发麻。我抬头迎上她的目光,看到她似笑非笑的,我忽然想起我们还是很好的朋友的时候,那些开心的快乐的简单的片段。

第六章

我第一天刚到 203 寝室的时候,她穿得简单在床上做着运动,冬冬给我介绍她就是圣新大学有名的校花。

她跟学生会的人遇到困难,我在混乱中一把抓住她的手带着她逃离鸡飞狗跳的现场,她在我身后小声跟我说"谢谢你啊!"

她拉着我跟我分享很多自己喜欢的牌子和护肤运动保养的技巧。

我们两个一起去公共澡堂洗澡,她像个小女人一样跟我说莫晓枫的事情。

我们两个,还有冬冬跟大猫,我们四个人经常在 203 聊天聊到半夜,李沁有时候会很向往地说:"你们说,我们如果二十年以后也像现在这么好的感情,那该多好啊!"

……

我感觉眼睛有点发热,我立刻背转身,不让李沁看到我的眼泪,她丝毫没察觉到,在我身后笑吟吟地说:"我问你呢,以后还敢抢别人的男朋友吗?"

我摇头,努力隐忍着,不让眼角的泪滑下来。

"我没有抢任何人的男朋友!"

她十分不满意我的回答,随后把我的肩狠狠扳过来,她使了很大的力气,仿佛要把我的骨头捏碎掉一样,她的脸凑过来,眼里烧着一团火:"你撒谎!就是因为你!晓枫才会不要跟我在一起的!"

给19岁的我自己

"李沁……我突然发现你好悲哀啊。"我也正视着她的脸,曾几何时,我无比羡慕她这张脸,李沁拥有很多我没办法得到的一切,虽然我自卑,但也是快乐的。看看她现在,拥有再美丽的容颜又怎么样,她的心理已经严重扭曲,只肯认定自己认为的事情,别人的话她一个字都不会听,她才是最悲哀的那个人吧!"如果我是莫晓枫,我也不会喜欢像你这样心理不健康的女生。"

"你……"她被我激得火冒三丈,手掌高高举起,准备随时要打下来一样。

"哼!"突然,她又把手收回,我感觉到她也像是回忆起什么事情,脸上有了些许的动容,虽然,这样的柔情稍纵即逝。"阳艺雪,我不会放过你。"她的声音变得很小,没有之前的狂妄和狠辣,我有点儿恍惚,就像是……回到过去,我们两个人手拉着手一起去公共澡堂那样。

"你自己好自为之吧!"

她其实,也有点儿不忍心吗?我不确定,但能够肯定,李沁本质不坏,她只是……对得不到的莫晓枫,太偏执了。

撂下这句话,她头也不回地走出我的视线。

时间,是从什么时候开始变得这么漫长?

我不再期待明天的到来,也不想缅怀过去快乐的日子,203 寝

第六章

室不再有欢声笑语，只要李沁在，我总缺席，当我回到寝室，她们三个可能已经睡去，又或者没有睡，只是谁也没有开口跟我说话。

我从一开始的不习惯，到后来已经可以跟"沉默"相处得很好，跟它成为生死之交。其实，自己一个人的世界也很好，我被逼着接受，到最后明白，学会跟自己相处，才是一门大学问。

有时候真的没地方可去，我会到女三舍的阳台，什么事情都不做，只是静静地坐在那发一会儿呆，我不会逗留很长时间，因为我怕遇到莫晓枫……

然而，我躲过了一次，两次，躲不过这一次。

莫晓枫这次是有备而来的，他的手上拎着一个白色购物袋，里面不知道装着什么，我想像往常那样对他视而不见，他用他的身躯挡住我的去路。

我抬头，面无表情地看了他一眼。

他好像清瘦了许多，他这人最爱臭美，现在竟然容许自己下巴有一圈青色的胡茬，他的黑眼圈也有点重，眼神多了几分憔悴，他的变化还是很明显的，起码，我一眼就能看出来。

"肉丸，够了啊，不能总是对我视而不见吧！"看出来，他想找回从前的气氛，可他自己也察觉到我们之间的尴尬，已经不能用一言两语就可以化解，"这，给你的。"他把那个购物袋塞到我手上。

给19岁的我自己

并不是很沉,我却猜不到是什么。

"这里面是什么?"

"不是什么贵重的东西,就只是我的一片心意,你回去以后再打开吧。"他仿佛积攒了很多话,并不只是来送我东西那么简单。我尽量不动声色地听着,没有给他什么回应,是害怕对他支一个笑容,也会让他产生不必要的误会。"下个月,我有一个摄影展,你会来吗?"

听到他要开摄影展,我除了感到意外,更多的是感到兴奋!莫晓枫他这么喜欢摄影,又或者说,那么多喜欢摄影的人,不都很希望自己有朝一日把所有作品展示给其他人看吗?让他们也分享摄影师们用心拍下来的作品,感受他们眼里看到的不一样的世界,体味他们心里的春夏秋冬。

我看到他期待的眼神,换作是从前,我一定毫不客气地往他胸口捶上一拳,让他请我吃饭,顺便大咧咧地说:"当然得去啊!"

而这一刻,我跟他之间连半分温柔都容不得。

我知道这或许很残忍。

"我现在也不知道有没有时间,可能没有时间,就不去了吧。"

他伸出手拉住我,语气急切:"这一段时间你都在躲着我,OK,我也不勉强你,我也没有去打扰你,我知道李沁总是在背后对你做小动作,也知道你被很多人议论和责骂,如果可以的话,我真不愿

第六章

意你自己一个人承受这些,我宁愿被骂被捉弄的人是我……"

我不敢看他,只能用力吞咽口水,不让自己有说话的机会。莫晓枫那么痛苦,我很想说点什么分担他的痛苦,他明明也可以不用遭受这些,我想要看到的是从前那个开朗活泼又调皮嘴贫的莫晓枫!

现在站在我面前的男生,哪里是我认识的熟悉的莫晓枫!

"对不起。"

世界上千千万万个词语,汉字的组合也是千变万化,但只有这三个字,是人们最常用到的,也是很多人其实都最不想听到的。

我还是把莫晓枫也不愿意听到的这三个字,慢慢说了出来。

果然,莫晓枫失望地看着我,时间凝固在他闪着破碎的光的眼睫上,他嘴唇的血色一寸一寸惨白下去,我仿佛可以听见他心脏的位置缓缓裂开,先是一小块缺口,缺口慢慢变大,最后碎成一片一片变成渣滓的声音。

整个世界就这样安静了下来。

只有莫晓枫是动态的,其他的一切,失去原本的色彩,变成死寂的静态,好似,没有了画面也没有声音,统统都变成一片虚空。

莫晓枫的手始终拉着我,但是他没有用力,就只是轻轻地,像抓着一根线,一不留神那根线就会从他手上滑落。

给19岁的我自己

我很轻易地挣脱开他。

我转身，不停奔跑，我认定我是在奔跑，可能并不是这样，我不知道我是以一种什么样的方式走出莫晓枫的视线，我的脚步变得很沉，我知道我也许并不想这么走掉，可我逼迫自己，逼着自己一定要狠心拒绝，狠心离开。

我在楼梯口发现了一封信。

我也不清楚自己怎么就看到那封信，像是刚刚好卡在这个时间点，我从天台回去寝室的路上，也像是有那么一个我看不见的人，这人知道一定会在这个时间点经过这一条路，所以把这一封信放下来，让我看到，让我拿到。

我疑惑地捡起这一封信。

信封上，只有很简单的一行字：**TO 十九岁的阳艺雪**！

我的天！我像是捧到一个烫手山芋那样想把信丢出去！怎么会这样！我莫名想到光棍节那一晚在实验室里看到的奇怪的信，那字迹……跟今天这一封信的简直一样！如果那一晚那一封信只是一个恶作剧，那今天这一封信又是怎么一回事？

我也实在想不出来，有谁会给我写这样的信！

忽然，我听到从阳台方向传来一阵凌乱的脚步声，莫晓枫要下

第六章

楼了，我得赶紧离开这里！那么，这封信……我跑下去了又折回来把信捡回来，还是先放好吧！等回到寝室再说！

203 寝室空荡荡的。

我不知道她们三个去哪里了，可能是去吃饭，可能是去散步，反正，我打开门的时候没看到她们在，心里反而更踏实一点。莫晓枫的东西是什么呢，我忽然有点后悔刚刚把这个袋子接过来，我其实不该接的，我不会跟他成为恋人，更不应该收下他送我的东西。

我撑着脑袋想了很久，与其跑去对门 201 把东西还回去，还是先打开来看一下吧。

是一条围巾？

我一开始以为是莫晓枫去商场买的，可把围巾拿到手里细看，那针口参差不齐的，收针也不利索，还有很多线头漏在外面。我可以很好地想象莫晓枫在他们寝室，当着其他人的面织围巾的画面："喂，老大，你在干吗啊！织围巾不是女孩子做的事吗？""对啊对啊，你要是想要一条亲手织的围巾，只要放一句话，排队给你织围巾的女生多不胜数！""你们都给我闭嘴！你们懂个 P！"莫晓枫怒了，还不小心把针戳破了手指头，他郁闷地叫了一声，他是第一次学织围巾，一点儿章法都没有，可还是硬着头皮去做这件事，不过是因为，他觉得亲手织一条围巾比较有诚意……

纸袋里还有一张小卡片，我拿出来看，是莫晓枫写的歪歪斜斜

给19岁的我自己

的字：艺雪，我第一次织围巾，织得不怎么样，希望你不要笑话我，也希望这条围巾可以让你过一个暖冬。还有，如果我愿意等下去的话，我们有可能在一起吗？

莫晓枫，他怎么就这样死心眼……

接下来，我要看看另外那封奇怪的信，给十九岁的阳艺雪……也就是现在的我咯？这个人，到底是何方神圣？这个人又是为什么一定要给我写信啊？也许，我的问题也能在这一封信里找出答案？也许……就算什么答案都没有，可我还是把信拿回来了，也是写给我的，我没道理不打开来看一下。

我拿走信封，抽出里面的信纸。

希望这个时候她们不要那么早回来，总感觉这一刻变得特别神圣，而我，糊里糊涂地成为了主角。

十九岁的艺雪，你好啊，你一定很好奇我是谁，别急，我一定会在信的最后告诉你真相的，但你也不要不看信的内容直接翻到最后一句来看，我希望你能认真读完这一封信，虽然，我好像也没有这个资格让你这么做……

这个人真奇怪，啰啰唆唆地铺垫那么多，到底是想说什么！

第六章

　　我知道你现在正面对着一件很大的事情,这件事,应该是你这十九年以来所遇到的最困惑也是最煎熬的事:你跟好朋友李沁同时爱上一个男孩,他叫作莫晓枫!你是从什么时候开始喜欢他的呢,其实,我觉得这个问题并不重要,重要的是,你喜欢他了,而很幸运的是,莫晓枫,他也是喜欢你的。

我感觉我的视线开始模糊了,有一种不敢置信的眩晕感正袭击我的脑袋,但我的意识很清醒,我知道自己不是在做梦!

　　但我也知道你现在心里面的想法,一方面,你不想伤害李沁,你把李沁当作是很好的朋友,你其实很想修补这一段友谊,你觉得,李沁虽然是校花但并没有什么架子,你也没想过有朝一日可以跟这么漂亮的女孩成为朋友,你不想因为谁而失去这个好朋友;第二个方面,是你觉得你配不上莫晓枫!不要怪我把话说得这么直白,你可能还不敢承认这个事实,但事实确实是这样。你觉得自己平凡,也不漂亮,普普通通,怎么说怎么看都比不上李沁吧,所以莫晓枫跟你表白,既让你感觉意外,又让你觉得,真的

给19岁的我自己

很不合情理!

我的眼泪已经大颗大颗地掉下来,打湿了这张信纸。

其实说到底,你太不勇敢,你不敢跟莫晓枫在一起成为恋人,也不敢跟他像以前那样做很好的朋友,这样子,你不快乐,他也不甘心,你们两个就一直这么尴尬着,只会越来越远,最后你就彻彻底底地失去他……他从来都是那么自信的一个人,可能就真的第一次栽跟头,栽在你手上!阳艺雪,你看到我给你写的话了吗,你现在有什么感想?我不管你有什么感想了,我不希望你将来,在很久以后的某一天,你一定会后悔今天自己这么退缩不敢去爱自己也爱的人!我没有骗你!你将来绝对会后悔的……我希望你可以勇敢一次!就这一次!抛开所有的外在因素,听从自己的内心,大胆地走向莫晓枫,也许,下一站,就是幸福!

最后,我看到信的末尾署了一个很长的名字:**我是二十九岁的阳艺雪。**

我这下整个人都吓得出了一层汗,这……逗我玩呢!二十九岁的阳艺雪?那就是十年后的我?怎么可能!我自己都不知道明天会

第六章

发生什么事情，更不敢想十年以后我会变成什么样！

十年以后……

给我写信的人说我将来一定会后悔，如果我不跟莫晓枫在一起……我是真的会后悔吗？我好想要问一下给我写信的这个人，就算是恶作剧，可信上写的一切，每一句每一字都那么戳心！

莫晓枫给我织的围巾就放在手边，我腾出手拿起来，围巾上仿佛残留他的体温，很遥远，又很近，他一直都在我身边，他像个保护神一样始终在我身边……

那么，谁能告诉我，我到底该怎么办才好！

2017年11月14日。

我承认，这几天我是累坏了，我一直没有回去上班，老总不停打电话给我让我回公司，冬冬也怕我心情低落，总是想办法约我出来，可我始终待在圣新，我甚至有一种很强烈的感觉，这一段时间我哪里都不去了，家里也不回去，就一直待在学校。

可我终究还是要回家换身衣服，下雪了，很小的雪，却足够让几年没有见过下雪的人欢呼。

等我走出学校，我才发现我有多累，这几天没有好好睡过一场觉，就算睡着了也会做梦梦见从前发生过的片段，也没有好好吃过

给19岁的我自己

一餐饭,像一个机器人,都不像是一个正常人。

我始终抱着那个木盒子,很神奇,我发现这一段时间以来,我跟这个木盒子变成了密不可分的亲人一样,就算是上厕所,我也要抱着它,一刻都不能跟它分开!

我叫了一部出租车,跟司机报出我家地址以后,他从后视镜看了我一眼,跟我说,"小姐,你脸色不太好。"我伸手摸了摸自己的脸,然后不小心咳嗽了几声,"回去睡个觉就好了。""要不要送你去医院?""哪用得着送医院?"我觉得司机小题大做,"就几天没睡觉而已。"

下了车,我觉得脑袋有点沉,像是当年喝醉了酒一样,脚步也有点不听使唤。我是生病了吗?不可能吧,我也没多想,只一心想着回家洗个澡换一套衣服继续去学校。好不容易终于到家门口了,我一只手抱着木盒子另外的手掏钥匙……

突然,眼前一阵天旋地转。

怀抱中的木盒子蓦地掉到地上,还顺着楼梯滚落下去。

咔嚓——

木盒子散了架,盒盖与盒身严重分离!

我想跳下去把盒子捡起来,谁料眼前一黑,我彻底失去一切意识。

"盒子……"

第七章

我睁开眼第一个看见的人，是王子喻。

他一直守在我旁边，看我醒了，整个人凑上来看我。我感觉嘴唇很干，头顶上挂着四瓶点滴，手背上也输着液，他见我慌乱，连忙给我解释我为什么会在这里。

我是在回家的路上突然晕倒，被送到医院高烧到42度，整个人昏迷一直没有醒过来，医院的人给我最近联系人，也就是冬冬打了电话，冬冬刚好那会没空，就喊王子喻过来医院。

"水倒好了，你慢点喝，现在觉得身体怎么样？"王子喻还是那么关心我、紧张我，尽管，我跟他已经不是恋人的关系。我缓慢地点点头，很快就把杯中的水喝个精光，"帮我再倒一杯吧。"

他又赶紧给我倒了一杯水，"小心烫！"他又把杯子放到自己嘴边，轻轻吹了吹，我一动不动看着他，他后知后觉发现这样的行为不妥当，很认真地跟我道歉，"我，我再重新倒一杯吧。"

我没说话，这个时候，言语是那么苍白无力，在面对一份再也

给19岁的我自己

不属于自己的柔情的时候。

我突然想起我的木盒子！我到处看，木盒子并不在这里！不在医院这里！

"艺雪，你要干什么去？你还发着烧！"我把能翻的东西都翻了一遍，一无所获。我问王子喻有没有见过一个古朴的木盒子，他很疑惑地看着我："你在说什么？什么木盒子！我没见到。"

我把手背上的针管狠狠地拔下。

鲜血从我手背上的针孔喷了出来。

我好像感觉不到疼痛，尽管血一直在流。

"你到底在做什么？你疯了吗！"王子喻急得眼睛红了，他不可思议地看着我，也看着我瞬间血流成河的手背，他忍不住像以前那样深情地抱着我，抱着我不让我乱动，"你知道不知道你现在多让人担心！"

我知道，我何尝不知道……我张了张嘴，一个字也说不出口，我无助极了，又不知道可以找谁倾诉，找谁帮忙，偏偏王子喻总是出现在我面前，愿意陪在我身边。我知道我不能再让他帮我做什么，我不能这么卑鄙，让一个还深爱我的人付出那么多……

"你到底发生了什么事，你告诉我啊！"

有护士赶过来替我把血止住，护士转过脸责怪王子喻："你是怎

第七章

么当人家男朋友的?输液的时候不能让她乱动啊……"他忽然痴痴地笑了一下,我想,是"男朋友"这三个字让他脸上有了一丝笑容。

我开始恳求他。

"我要回去找木盒子,子喻,你送我回家吧,那个木盒子,对我来说真的很重要,真的很重要啊……"我话都说不清晰,我思维混乱,让我语无伦次,王子喻耐心地轻拍着我另外一只手,认真听我说话。

这个木盒子是晓枫留下来的,也是可以让我挽回晓枫的最后一个机会。

我绝对,绝对不能弄丢它!

我不知道我是怎么给王子喻解释那个木盒子的事情。

我已经用尽我毕生所学的词语,怕他听不明白的地方,我又立刻换一种方式再复述一遍。也真是难为他,本来他是没有义务陪我在医院输液的,现在又要亲自开车把我这个病号送回家里去,还要一边在车上听我絮絮叨叨地说那个木盒子的事情。

他好像听明白一些,但眉头一直紧紧锁着,自始至终都没有开口打断我。

我已经筋疲力尽,烧是退了,但整个人还是酸软无力,他的车

给19岁的我自己

子终于停了,我飞快地跑上去,王子喻一直跟在我身后。

我家门口的楼梯并没有……

我又一层一层地走下去,往下找……

他也一直跟在我身后帮我看。

半个小时以后,我们把整栋楼的楼梯都走完一遍,还是没有看到木盒子的踪影!

我郁闷得想哭。

"对了,有没有可能是物业搞保洁的工人把盒子丢到楼下的垃圾桶里?"不等我回答,他又赶紧提起精神,飞快地冲到一楼那里去。"艺雪,不要放弃,也许那个盒子还在呢!"他能感觉到我情绪的低落,我知道他上班也很累,我跟他分手的事情他一定也很难过,可他现在……尽心尽力帮我找那个木盒子,他也许刚刚那一路上都没听明白我在说什么!可是他也乐意做这样的事……

子喻,能不能不要这样了?

"虽然,你刚刚跟我说的一切,在我这听来确实很荒谬……"他气喘吁吁地冲我说,"你说谁能够相信一个木盒子可以穿越时间寄信回到过去呢?但后来我想,要是连我也不相信你,你一定会很失落的。天寒地冻还陪你出来找那个可以寄信的盒子的人,找遍整个世界也没有第二个疯子了。"说罢,他自嘲地笑了一下。

第七章

不要说了……我已经泪流满面。

王子喻真的为了我翻垃圾桶里的垃圾。他把我放到一边去，还不让我过去跟他一块儿找。他在垃圾堆里走来走去，看得也很仔细，不放过任何一件垃圾。距离很远，垃圾桶里的腥臭味还是很明显，他……他真的无怨无悔在帮我做这件事！老天爷，你让木盒子重新回来我身边吧！我保证这一次不会再弄丢了，我发誓！

"艺雪，是这个吗？！"

黑夜中，王子喻高高举着那个已经分崩离析的木盒子，他像一个不经意间寻到绝世宝藏的小孩，语气雀跃，我跑过去，其实已经没什么力气了，但还是很努力朝他冲去，然后一把抱住他。

他吓了一跳，迭声问我"怎么了，怎么了……"

我把所有眼泪鼻涕都蹭到他衣服去，恍惚间，我也变成一个小孩，被自己喜欢的男孩不经意伤到的小女孩。

回到家，我开始忙着把木盒子重新组装起来。

王子喻也在忙着，忙着帮我搞卫生，帮我烧开水，他本来是让我赶紧上床休息的，我不听，他也没有继续劝，就在旁边瞎忙活，他还说要给我煮粥，嗯，他的厨艺也是很好的，无可挑剔。

我有点担心，不知道这么一摔，这个木盒子还能把我给从前写的信传送到过去吗？我的心很慌很乱，越是慌张越是弄不好！王子

给19岁的我自己

喻看不下去,把木盒子抢过来,他只是随意倒腾了几下,木盒子就已经拼回原来的样子!

"天啊,你真厉害!"我由衷地赞扬他。

他只是无语地看了我一眼,"我充其量也只是第二个疯子,算哪门子的厉害?"

"第一个是谁?"

"你啊!"他毫不在意地打击我。

也对,他没有亲眼见过这一奇迹般的时刻,当然不可能因为我的片面之词而相信这个木盒子可以穿越时空寄信回去!

"子喻,我会让你相信的!"我跑到房间,晓枫当年的那张摄影展票根被我摆在很醒目的位置,票根已经很旧,两面都泛着一层褪不掉的暗黄色,但表面还是完好无损。我把票根拿出去,然后在背面写上五分钟以后的时间。

王子喻一直不说话,他没有阻挠我,可能,他也要看看这个木盒子到底有没有我说的那么玄乎。

我的心跳开始加快,晓枫,你一定得保佑我!如果真像子喻说的那样,我是这个世界上第一个疯子,那么,也是被你逼的!你不能让这张票根从木盒子里消失然后再出现的话,我……我一定记恨死你的!

第七章

然后，我把笔一摔，把摄影展的票根放到木盒子里去。

我像一个最虔诚的信徒，双手合十对着这个木盒子祈祷！我把所有希望都寄托在这个木盒子，是啊，换作我是子喻，看到旁边有一个人这么疯癫，对着一个木盒子神神叨叨的，没立刻打电话叫精神病院来把我送走，也算是仁至义尽了。

我忍不住苦笑了一下。

时间静悄悄地往后拨，像极我第一次发现这个木盒子的秘密的心情一样，焦灼、不安、忐忑、紧张……既希望它是真的如我所想的那样可以把纸条送至某个指定时间，又担心是不是自己太思念晓枫了所以出现这些不可思议的幻觉……

王子喻的手悄悄地覆了过来，他只是轻拍了拍我的手背，小声地说："不要太紧张。"

过了一会儿，我连忙掀开盒子……

票根完完整整地躺在盒子里面！

怎么会这样？！王子喻微微叹了一口气，我却感觉他脸上的表情有些许的松动，"再试一次吧。"他察觉我脸上的错愕，柔声鼓励我。我的手一阵哆嗦，又把票根拿出来，翻来覆去看了一下，票根也是没问题的，又重新放进去木盒里面。

该不会……

给19岁的我自己

我把木盒子摔坏了，它就真的不管用了吧？！

厨房里传来热水烧沸的声音，一声声急促的汽笛声让我心乱如麻，我也呼吸急促，感觉下一秒就要缺氧晕倒。

我再次掀开盒子，票根没有消失！不会的！木盒子一定是出故障了！不行，我得再试，如果它真的失灵了，那我怎么联系十九岁的阳艺雪……

那我就没有办法让她好好留住晓枫了！

我感觉后背的衣服早就被汗水打湿！一次又一次，我满怀期待打开盒子，票根始终好好儿地躺在那，一点儿动静都没有，王子喻终于看不下去，想要从我手上抢过这个木盒子。

"艺雪！够了啊！你不要再试了！"

"不行！你一定得相信我……"我已经泪眼模糊，我好像又开始发烧，额头是滚烫的，手脚却冰凉，"这个盒子的确可以让我把信寄回去从前，我不知道该怎么跟你解释，"我拉着王子喻的手臂，我希望他可以相信我一次，"自从我用这个木盒子把信写回去十年前，我的记忆真的发生了改变，我，我跟你说的是真的，但我没有办法用科学解释这一切……"

我的眼泪吧嗒吧嗒地掉到木盒子上，泪水渗进木盒子因为摔过而造成的刻痕中。

第七章

"好了,"王子喻礼貌地抱了一下我,他又叹了一下气,我听得清楚。"你清醒一点,我相信你就是了。"他从我怀抱中把木盒子抽走,我这次没有发狂地抢回来。

可能,我是真的没有办法再用这个盒子联系十年前的那个我。

可能,老天给过我一次机会,我没有好好珍惜,所以我还是注定要错过晓枫。

也有可能,这一切不过是我自己想象出来的,木盒子根本从来都不能寄信到过去,我是因为太想念晓枫,所以一次又一次地产生幻觉……

"子喻,你还是让我再试一次吧!"我又重新想把木盒子抢回来。

我觉得我真的疯掉了。

王子喻也是这么认为,"你能冷静下来吗?!"王子喻理所当然把木盒子拿开,不给我碰到,我死活要抢回来,我们像是在斗牛。其实我也知道,我就算拿回来木盒子,我也什么都改变不了……

突然——

有什么东西在我眼皮下闪了一下。

我看到王子喻的脸色变了一下,我顺着他的目光扭过头,是那一张摄影展的票根!它在桌子上慢慢浮现出来!

给19岁的我自己

"子喻,你看到没有?你看到没有?!"

他没有回答我,他无比错愕地看着这一切在他眼皮底下发生,他整个人都惊呆了,哪里还有心情回复我的问题。

原来,这一切都不是我的幻觉!

我紧紧地抱着王子喻,我这个时候只是太需要一股力量可以支持我一下,让我不至于晕过去。他的眼睛瞪得大大的,似乎没有办法相信眼前所见的一切,我们抱紧彼此,像溺水的人需要从对方身上吸取氧气。也不知道过去多长时间,他终于慢慢放开了我。

他好像终于能够理解我的心情。

我把这张几乎把我弄疯的摄影展票根翻到背面,重新写了一段话……

2007年11月14日。

上海竟然下雪了。

在我印象中,上海几乎没有下雪的时候,就算是到了最寒冷的那一天,就算是距离上海不远的杭州、苏州的雪已经下得纷纷扬扬的时候,它也始终紧绷着一张脸,像个皇太后一样,说不下雪,就是不下雪。

只是很小的雪,落地即化,即便这样,还是让人觉得上海从皇

第七章

太后摇身一变成为活泼可爱的小公主,走在路上,其他人也很与时俱进地讨论着今天下的这一场小雪,他们有的期许明天下一场更大的雪,有的打赌说上海就这么小气,不会再下雪了……

我可没有兴趣听这些人讨论,也没有闲情猜测这场雪会下到什么时候,我顾着走去车棚取单车,我每天都要骑单车赶过去甜品店打工。

零星的雪花落到我头上,我感觉阵阵寒意,也就是这个时候我才发现,冬天真的来了。

2007年的冬天,我真的过得无比痛苦。

一阵急促的车铃铛声擦过我的耳朵,我回头,是莫晓枫骑着他那部帅毙的山地跑车冲过来。我站定没有躲闪,他在快要冲到我面前的前一秒就敏捷地歪向一边。就在那个瞬间,他把什么东西硬塞到我手上,再风驰一样地越过我。

我打开手,是一张摄影展的票根。

"阳艺雪!"他大声叫着我的名字,"我的摄影展,你一定要来……"我对着他骑车的背影跑了几步,根本追不上,他一定是故意的,知道当面给我我会不要,所以想到这么一个办法硬逼着我收下。

票根好像自己在发热一样,莫晓枫他捏着这张票根,有很长一段时间吧……

给19岁的我自己

一小颗雪花落到我掌心的票根上,转瞬化成小水滴。

我不知道发了多久的呆,才想起我要赶紧取车,不然待会兼职工作要迟到了。这时,我看到我的单车被人无故加了一把锁,单车车身还被人用白色喷漆涂了几个字:不、要、脸!

这几个字,仿佛烙印,烙到我身上,让我无处遁形,让我罪不可赦!

我无助地蹲下身,我想,我知道是谁干的……

无非就是李沁的死忠粉。

只是,为什么这些人一直都不肯放过我?

我是做了什么?我犯了法杀了人还是放了火?这些人不清楚发生什么就随便跟风起哄到底是为了什么?就因为所有人都说我是小三?所以他们在替天行道吗?

愚蠢的无知的人类!

可我又可以怎么办!我除了在心里面默默地把这些人给骂一遍,我还可以做什么?等我缓过神来,我的眼泪已经糊了自己一脸。阳艺雪啊,你真的很可怜,在你最需要帮助最需要安慰的时候,只有那么一个人可以出来拯救你,但是,这个人已经被你一次又一次地推开了,现在,又或者未来,你始终都只有自己一个人在作战!这又算什么呢,反正,流言蜚语不可能把我给打败的,我一定要学会

第七章

坚强一点，一定要……

单车被人恶意锁上，我没有去甜品店上班，加上情绪低落，我跟老板请了半天假。

我慢吞吞地走回去寝室。

我刚推开门，大猫就尖叫着扑过来，她高八度地吼："阳艺雪，外面雨夹雪了！你怎么不撑个伞？"

我被她一惊一乍吓得完全没有思考的余地，而且我很快又意识到，我已经很久没有跟冬冬还有大猫说过话了，我以为……她们已经不理我了。

我以为，她们跟李沁是同一个阵线的。

大猫给我拿来一块干净的毛巾，给我擦头发，冬冬给我烧开水，说一定要喝点热的，不然待会就着凉了。我感激不尽地看着她们两人，从前美好的回忆如潮水一样涌来，我的胸腔也塞满各种复杂的情绪，我想说点什么，像以往一样，但好像这个时候，说什么都不太合适。

"阳艺雪，你干吗了？就这样也感动得要哭？"冬冬拿手弹了弹我的鼻子，水很快就烧开了，她给我倒了一杯热水，我咕咚咚地喝，她把我的杯子拿开："喝那么急作死啊？小心烫嘴啊！"我却傻傻地冲她们笑，刚刚被恶作剧的事情仿佛也烟消云散了。

给19岁的我自己

冬冬拉我到宿舍外聊天,她仿佛也憋了很久的话,见到我就说个不停。

这时我没留意到,其他寝室的女同学也跑来我们寝室,她们都围着大猫附近在看什么,大猫一直坐在电脑前不停捣鼓着,有同学跟她说:"……大猫,你该转读计算机工程系!"

"冬冬,我有点累了,想先回去寝室。"

我刚一脚踏进寝室,其他寝室的同学立刻不说话了,她们看了看我,又看了看大猫:"学姐,我们先走了。"我不知道她们在议论什么,我以为又是在背后讨论我,但是,她们看我的眼神不像其他人。

带着一点儿温暖,一点儿怜悯,还有一点儿心疼。

冬冬给我递来一块巧克力,"阳艺雪,加油!"大猫也从电脑屏幕前伸出脑袋,"我都知道了,别伤心,我会把那个人给你揪出来的!"

"你们……"

原来,她们两个也是一直都相信我的,这一刻,我感受到异样的温暖。

我翻开日记本,想着写下一些今天的感悟,突然,我看到我书桌的中间躺着一张摄影展的票根!不就是莫晓枫刚刚给我的?怎么

第七章

会在我桌子上？我明明……这时我傻眼了，裤袋里放着刚刚莫晓枫给我的票根，我把两张票根的序号都看了一遍，是一模一样的！

"怎么会这样？"

更奇怪的是，书桌上的这一张票根背后写着字，字迹有点儿潦草，感觉对方写得很匆忙，赶时间一样。

> 这一张没撕的票，我后悔地留了十年，无论如何你一定要去，那是属于你最美的影展！而且啊，你一定要早点到，千万不能让李沁进馆！我是你二十九岁的自己，阳艺雪！

这次，我没有像前几次那样胆战心惊，我心平气和地把这句话又读了几遍，寝室安安静静的，冬冬早就出去了，只有大猫一个人在电脑面前敲打着键盘。我也不知道为什么，这一次我有一种特别强烈的感觉，就是写信给我的这个人……

也许，真的就是我自己？

十年后，二十九岁的阳艺雪？

这个人，熟悉我的事情，也熟悉我身边的人的事情，更清楚了解我最近烦恼和郁闷的事情！她知道我所有处境，更很好心地给我分析怎么做才是最妥当的。

给19岁的我自己

那么,我到底要怎么做才好。

莫晓枫要开摄影展的消息在整个圣新传了个遍,他本来就是校草身份,又会玩摄影,不管我走到哪里,我都总能看到他的摄影展的海报。

海报上用了一张他比较忧郁的照片。

是他的一张侧脸,他手上拿着他最宝贝的单反相机,他拿着相机的手像使了很大力气,纤长的手指关节泛起一片白,眼神却飘向某一个不知名的地方,他的嘴角深深下垂着,没有一点儿笑容,他眼窝有一层明显的灰青色,像熬了很多个夜晚没有睡觉一样,但始终都是帅气的,只是,他好像不太快乐,只是,其他人好像也不在乎他快不快乐,只在乎他是不是一如既往的帅气。

我站在他的海报底下,我想要距离他近一点,我也想要认真看清他的脸。

我已经很久没有如此近的看过他。

我总是逃避,总是躲开,然而,那个一直给我写信的人跟我说,不要推开莫晓枫,要勇敢追求自己的幸福……我的大脑一片混乱,写信给我的人并没有讲错,而我需要顾虑的地方,也是真实存在的。大胆接受莫晓枫,我跟他就能得到快乐吗?我看,也不一定吧。

我到底该怎么办?

第七章

我感觉哪里都有我跟莫晓枫的回忆。

我第一次学骑单车摔得狗吃屎,是他默默在我身后扶着我耐心地教我骑;他跟他寝室的几个兄弟第一次来到我们女三舍,像明星过来体育馆开演唱会那样隆重,他却只顾着笑我胸前被打湿的事情;还有,我跟李沁去公共澡堂洗澡,莫晓枫这家伙竟然会爬到窗上想要偷看我们,皎洁的月光下,他明明是在打击我,可那笑容那眼神带着不一样的醉意,让人恍惚中就沉溺……

还有很多很多,我第一次在酒吧喝酒,喝了个烂醉,他追出来还主动背我回去,那段路变得漫长又遥远;他在麦当劳像个强盗一样抢占我的座位,又为了买两杯浪漫新地可以第二杯半价而让我跟他演情侣;实验室里我被人锁在里面不能出来,他想方设法打听到我的位置从楼下顺着水管爬上来找我,我们还一起很刺激地躲避保安的追捕;教师办公室里我自告奋勇要自首,他悄悄牵上我的手给我注入一点意想不到的力量;整个圣新被人派发很多控诉我是小三的公告,他像个疯子一样把我护在身后,大声宣告他跟李沁是不可能在一起的;我们还一起在圣新的校园里不管不顾地奔跑过,他拉着我的手向我表白,他长这么大,应该是第一次跟女孩子表白吧?

有那么一瞬间,我可以很认真地说,有那么一瞬间,我有一种

给19岁的我自己

很强烈要跟他在一起的想法,我不想逃避他,不想推开他,更不想失去他!我也渴望每一天醒来以后阳光和他都在,我更希望我以后的人生规划里也有他的一部分……

很快就迎来莫晓枫摄影展的那一天。

是在下午两点开始。

我一早就去甜品店打工,我在心里面跟自己说,今天我很忙,还要做兼职,哪里有时间去看什么摄影展,然而不知道是不是老天故意跟我作对的,甜品店到中午的时候忽然停电了,是甜品店所在的整个小区都没办法供电,老板放我们下班回去。

我没地方可去,想着要回去学校,冬冬这时打电话给我,让我陪她逛街去。

虽然我不喜欢逛街,但这个时候我觉得我该赴约,冬冬打的过来接我,她一脸的兴奋,跟我说好久没去逛街了,也好久没有人愿意陪她逛,她的演技太好,害我差点信以为真。

等出租车停好,她粗鲁地把我推下车,然后司机猛踩油门,准备开车离开。

"莫晓枫,我只能帮你到这里了!"冬冬的声音很快被风吹散。

我站定,抬头,赫然见到莫晓枫为了摄影展拍的那张海报,眼前闪过莫晓枫各种各样看我的眼神,有时是调皮的恶作剧的,有时

第七章

又是充满款款深情,有时又是恨我恨得牙痒痒的眼神,有时是那种被我气得哭笑不得的眼神……

我忽然紧张,然后努力地深呼吸一口气。

等我缓过神来,我莫名听见陈卫叫住我的声音。

"阳艺雪,摄影展两点钟才开始,现在还没开放进场啊!"

可是我已经走进去了。

我自己也说不上来那种感觉,我可以肯定我并不是一定要非去这个摄影展不可,如果我没有读到那个人……就是说是十年后的我的那个人写的信,我是一定会因为避嫌的关系不来这个地方,虽然,我也仍旧喜欢莫晓枫,我也会因为他可以这么幸运地早早实现自己的梦想而衷心祝福,但现在,我还是鬼使神差地被人送到这里,我并没有转身就逃走,我还是进来了。

也许,是冥冥中的安排。

也许,也跟那几封信有关系……

展馆没有什么人,展览还没开始,时针刚刚指向下午的一点五十分,墙上却已经挂好要展出的所有作品。

我忍不住揉了揉我的眼睛。

如果我说,我在现场看到数十百个的自己……不对!就连我自

给 19 岁的我自己

己也不能相信,我看到了许许多多的我:大清早就在操场上慢慢跑圈的我,阳台上一边哼着不成调的小歌一边晾晒衣服的我,在图书馆坐习惯同一个位子认真啃书的我,刚好轮到我打扫寝室卫生一边听着 MP4 的歌一边默默拖着地板的我……

还有那一天,上海入冬以来下了第一场雪,雨夹雪,站在单车棚前傻傻地看着天空有点儿不知所措的那个我。

我不敢相信这些人都是我,可是统统都是我。

就连我都没有认真审视过自己,没有给自己拍过什么照片,然而,在这个世界上竟然存在那么一个人,他用他最珍贵的一种手段,把所有的我,所有的十九岁的阳艺雪,完完整整保留了下来。

照片上的人儿,或沉默或活泼或伤心或不安……都比我所认知的那个阳艺雪,美了上百倍,我好想说点儿什么,好想做点儿什么事,好让自己重新活过来,我真怕这一刻我是活在一个很美妙的梦境里,我在踩着空中楼阁,每走一步都看似美好,实际胆战心惊,因为可能下一秒我就会跌入万劫不复的深渊。

"看,阳艺雪来了啊!"

"天啊,莫晓枫这样也太浪漫了吧!办一个摄影展对阳艺雪告白?"

是吗?莫晓枫在对我表白?与其说是他的摄影展,现在我反而

第七章

成为风口浪尖的人物。墙上的时钟早就划过两点,陆陆续续有人从外面走进来,他们也跟我一样的反应,不对,他们是不可能比我感觉到更震撼了——此起彼伏的讨论声不绝于耳,也很快有人发现我站在那儿,他们肆无忌惮地在背后议论我,议论莫晓枫,仿佛我并不存在似的。

我想,我该是时候要离开这个是非之地。

视线的那一头,莫晓枫一身正装地从工作梯上走下来。深灰色西装,白色衬衫红色领带,黑色皮鞋擦得锃亮。他慢慢走过来,走进大家的视线当中,他脸上没有一丁点笑容,很严肃,像一个搞学术的老专家一样。习惯了嬉皮笑脸的他,也没有看过他这样的打扮……的确是很帅气,也让他透出一种艺术家的忧郁气息。

有人跟他打招呼,有人走过去跟他说话,他的反应都有点冷,直到我感觉到他看见了我……

他径自走到我面前。

"你还是来了……"他的嘴角浮现一丝笑容,隐约透出几分害羞,"这些照片,你都喜欢吗?"

我没有来得及回答他,他拉了拉我的手臂,说:"我带你去看吧。"

原来,我刚刚看到的也只是一小部分我被他拍下来的照片而已,

给19岁的我自己

里面还有两个小的展馆,我的另外一些照片也被挂在墙上。我一张张看过去,除了惊讶,还有说不出口的感动。甚至那一次在麦当劳里我用薯条拼的字、女三舍阳台上晾晒着的我的衣服、我那一部摔过无数次的单车也被他洗出来……。

"莫晓枫!莫晓枫!"

我大声呼喊他的名字,他从另外一个地方跑过来,"怎么了?"谢天谢地,他终于又出现了,看我没有说话只定定地看着他,他的脸好似泛起一阵微红,"你没有事吧?是不是有哪一张照片不满意的?你告诉我,我立刻给你换下来!"

我再次揉眼睛,发现满手都是泪水。

我明明很努力抑制自己的情绪,我从来都不是一个矫情的女生,我有自知之明,小说或电视剧上会发生的浪漫从来都不可能降临到我头上,就算我愿意当一个灰姑娘,我也深刻明白一旦过了十二点一切都会打回原形。

可是,莫晓枫一次又一次地让我当上别人眼中的主角。

他并不是很聪明,我指的是恋爱经验,他却很认真,他把他可以用到的办法都派上场了,就算方法不见得有多高明,但至少,应该没有一个女孩子会狠心拒绝。

我忽然不敢看他的眼睛。

第七章

"我没有把你拍丑吧?"我是他相机里的女主角——我终于有点勇敢地承认这个事实,所以他很在意我的感受和看法。我摇摇头,很想亲口告诉他,你拍下来的我,比我所想的要漂亮,比真实的我,要更深刻。

我跟莫晓枫四目相对,我们很有默契地选择不说话,只互相看着彼此的眼睛,此时无声胜有声,原来也是一种境界。

我这个平凡的自卑的胆小鬼,原来也有发光发亮的那一面。

是你,莫晓枫,把这一面挖掘出来,然后把它好好的展现给所有人看。

没有人看到李沁是什么时候来的,她杀气腾腾冲到我面前,扬手,对准我的脸又是一巴掌。

莫晓枫气愤得想替我打李沁,要不是我拉住他……我不希望他第一次的摄影展被李沁这种无理取闹的人破坏掉。

李沁气急败坏地吼:"阳艺雪,真没有想到你是这种人,表面一套、背面一套!"

莫晓枫狠狠地推她,"李沁,你又发什么疯?!"

李沁仰着头梗着脖子看着莫晓枫,眼神怨毒:"我为你付出了那么多,你一句'不喜欢'就想把我打发了?你把我当什么了?然后

给19岁的我自己

你现在还为她……"李沁很不客气地拿手指指着我的鼻子,"办一个摄影展?你这不是在羞辱我吗?!"

莫晓枫被她的神逻辑折服,他也是用吼来回应她:"你会不会太自我了?我从来都没有在拍你!我羞辱你什么了?"

我记得,我对李沁说过,我没有抢走莫晓枫,我没有从任何人手上抢走过谁,她可能是想起从前莫晓枫总是追在她身后拍照的时光,所以当她满心欢喜来到莫晓枫的摄影展、看到的却是整个厅挂的都是我的照片的时候,她又气愤又失望,她可能也想起我说过的话,觉得我更加不可理喻。

我转过脸,很认真地看着李沁:"李沁,你真的误会了!我说过我没有从你手上抢走过莫晓枫,其实我跟他真的没有任何联系了,在学校,我一直都在躲着他。而你,我从来都把你当作是我的好姐妹好朋友,以前是,现在是,以后也希望是好朋友。我从来没有想过要介入你的任何感情里面去……"

李沁恶狠狠地笑了,"整个馆子都是你的照片,你还好意思说我是误会?那这个误会真的天大了去了!"她拿不屑的眼神斜瞪着我,"说实话,你以为我有拿你当朋友过?不要开玩笑了!我一直以来对你好,给你送东西,不过是因为你可以很好地衬托我而已!你想当我的朋友?一个人最可怕的就是分不清自己的位置,请你好好照

第七章

镜子,好好当你的绿叶就好了,你凭什么跟我比?"

是啊,我拿什么、凭什么跟李沁比?

我也感觉出来,她这一段话一定有在某个我看不见的地方反复练习过,她不停练习,细致到每一句话停顿的时间要多久才能让人感觉痛不欲生,细致到每一个字该怎么发声才能得到最大的奚落效果,细致到她每说完一句话一定得换另外一副让人更意想不到的恶毒表情,她才感觉自己挽回一些尊严。

她在所不惜地用尽力气伤害我!

好吧,她是赢了,她刚刚的那一段话,让我无比难堪。

是羞耻!我一心一意当她是好朋友,而她呢,不过是拿我当陪衬!

"李沁,你不要再说了⋯⋯"

我拼命咬着嘴唇,不让自己哭出来,李沁就是要看我难堪,我偏不能让她如愿!

"李沁!!"

我忽然听见冬冬跟大猫的声音,她们跑到我们面前,手上拿着厚厚一沓类似资料的东西。

冬冬拿手上的资料砸到李沁的身上:"李沁,你确实无人能比!你看看你自己都做了哪些'好事'?你的阴险太让人恶心了!"

给19岁的我自己

我是第一次见到冬冬发这么大的火,更何况,她跟李沁是从高中时期就认识的朋友啊。

大猫忙着把她手上的资料分给其他一直在看热闹的同学看,李沁好像也拿起来看,她的脸青一阵白一阵,最后涨成难看的猪肝色,她一脸惊恐的模样,像见到鬼!我也被分到一份,我才看了一眼,也有一种不敢置信的惊恐。

冬冬转过身面对着所有人:"我们圣新的校花,李沁,她贿赂水管工破坏男生宿舍的粪管,就是为了让莫晓枫他们寝室的人搬到女三舍这边!她可以天天见到莫晓枫!之后,她到处跟别人吹嘘她跟莫晓枫是男女朋友的关系,让其他女孩不敢靠近莫晓枫。还有一天晚上……"她重新把脸转向大惊失色的李沁,眼里饱含失望,"她把在实验室给马教授做碑刻的阳艺雪锁在那里不让她出来,后来还到处印发公告说阳艺雪是破坏她跟莫晓枫的小三!"

全场一片哗然。

李沁想逃,她的一张脸已经变成惨白色。冬冬见她想逃,几步上前把她按住!大猫带了笔记本电脑过来,她打开电脑,调出一份文件,然后用播放器播放……

录像画面有好几个,是重新被她用技术连接到一块儿去的。

第一个画面:李沁给一个水管工塞了一大包钱。

第七章

第二个画面：李沁手上拿着两台手机在发短信。

第三个画面：夜晚，李沁悄然出现在实验楼的二楼，她四下张望见没有人经过，从包里拿出一把锁把实验室的门给锁上。

第四个画面：她抱着一沓打印出来的公告给好几个女生，让她们把这些公告分发出去。

……

"你，你们！"李沁已经语无伦次，"你们在胡说八道！"

冬冬抱着手臂欣赏着她脸上变幻莫测的表情："没有证据我们会诬蔑你吗？要想人不知，除非己莫为！你还不知道那个被你收买的水管工已经被学校开除了吧？我们找到他，他也全招了！你做这么多就是想要跟莫晓枫在一起！"

我抬头看向莫晓枫，他也震惊得不知如何是好，可能，我们大家也没有想过，李沁会变成这样子。她太喜欢莫晓枫，太想要得到他，越是这样，心术越变得不正，慢慢地，做出一件又一件极端的事情来。

我跟她说过的，她其实是一个很可怜的人。

"我不认识什么水管工！"李沁还在为自己辩驳。

"李沁，"大猫这时也走上来，"我是电脑课代表，你偷偷打开过我的电脑，在群里面说过一些很难听的话，下次还做这样的事记得要清除聊天记录！对了，还有冬冬说的事，你可别忘了，学校都有监控系统的，你的所作所为都被录下来了！大家现在手上拿的公告，上面都有网址，欢迎回去以后自行上网观赏！"

"你……"

这下，李沁真的什么话都说不出来了。

她那张漂亮的脸蛋，爬满密密麻麻的汗，没有一点儿正常人该有的血色，她急剧地喘着大气，又滑稽又心酸。

冬冬还是觉得不解气："李沁，艺雪拿你当最好的朋友，你拿她当什么了？"

有那么一瞬间，我渴望冬冬跟大猫能够停止这一切。

我没有办法理解她为什么思想偏激得会做出这一切的事情来，但显然，她也是一个很可怜的人，我就算不是慈悲为怀的那种人，但我也有真心把李沁当作朋友，试问，我又怎么愿意我的朋友被人当众揭露她的一切罪行？

而其实，人心到底可以丑陋到什么程度呢？

前几分钟还在骂我的人，这一刻看到新的证据以后，纷纷倒戈过来帮我，他们看起来比我这个当事人还要气愤，声讨李沁的声音越来越大，李沁双手捂着耳朵，一脸痛苦，她似乎不能接受这个事实，不能接受自己也会被人当众辱骂！

第七章

是啊，谁又能想到，曾经美丽大方的校花也有这么不堪的丑陋的一面！

她声嘶力竭地嘶吼道："我只是想要保护我自己的感情，这样也有错吗？阳艺雪，我太受不了你永远都一副世界很美好的样子，我知道你是因为我才不接受莫晓枫的，你是不是觉得自己放弃他所以特别伟大？"她的面孔狰狞着，五官严重扭曲着，眼睛有泪，还因为说话激动的关系而唾沫横飞，真的很狼狈。"你是不是觉得我应该要跟你说声谢谢？收起你那可怜的圣母心吧！我李沁从来都不需要你的可怜的同情！"

她阴阳怪气地骂着我，我好像真的被她弄得产生了免疫系统，都有点刀枪不入了。

她就算继续骂，我可能也就只是静静地看着她而已。

她终于攻击不了我，也打败不了我。

我拿手擦了擦眼角的泪，我仍然会情绪激动，只是因为我终于沉冤得雪，不用再忍受别人在我背后指指点点，也不用再躲避那些杀伤力很大的恶言恶语。

这时，莫晓枫慢慢走向李沁，李沁以为他是来扶起自己的，她的脸上绽放了笑容，带着惊喜的光芒。

然而……

给19岁的我自己

"李沁,你已经毁了我的展览,现在,请你给我马上离开这里。"莫晓枫的声音很冷,冷到我明显感觉李沁的笑容瞬间消失,她不笑了,变脸一样换上一副毒巫婆的表情,她咬牙切齿地看着莫晓枫。

"你们都合起伙逼我!好!我告诉你们……"她的眼睛像镭射灯一样,从莫晓枫的脸上移开,又扫过冬冬、大猫的脸,最后,她看向我,那神情凶狠得仿佛随时都能把我生吞进她肚子里一样。"我吃不到的苹果,我也会亲手把它砸烂!再见!"

李沁声势浩大地从我们面前跑出去。

也许是她逃跑的背影太决绝,也太惨烈,我下意识地叫着她的名字,也跟着跑出去。

然而,等我追出去,已经看不到她的身影,莫晓枫也傻傻地跑了出来,他轻轻扶着我的肩,他也没有说话,我还是觉得无比安心。这一刻,我终于可以缓慢地朝他露出一个笑容。

雨过天晴。我被冤枉的事情,终于就这样戏剧般地告一段落了。

第八章

随着圣诞节越来越近，天气也越来越冷，甜品店的生意却好了很多。我刚跟经理提出我要辞职的事情，我的电话就响了。

"阳艺雪，你在哪儿呢？"

"冬冬，你忘了吗，今天我最后一天到甜品店上班啊！"

冬冬在电话那头笑得得意："你赶紧现在就回来啊，李沁要搬出我们寝室了！"

我立刻赶回去学校，等我跑到203的时候，李沁的床位和架子早就空荡荡的，冬冬跟大猫像在讲相声那样向我描述我还没回来的时候，李沁搬东西走人的情况。

"李沁她那当官的爸也过来了，李沁在她爸面前一点儿神气都没有，像一条哈巴狗似的。"

"她爸硬是拉着她到我们两个面前来，要她说对不起，李沁死活不肯说，她爸就训她……"

"我就觉得嘛，这是李沁应得的报应，看她以后还怎么出去

给19岁的我自己

害人!"

她们说得不亦乐乎,在她们的嘴巴中,李沁好像真的变成那种罪不可恕的大坏蛋。我慢慢走到窗边,低下头看,李沁跟她爸合力把行李搬上小车后,她才不情不愿地上了车。她没有回头,她会想什么呢,心里面有没有一丝丝的不舍得?

毕竟,这里,曾经也是她的家。

"艺雪啊,"冬冬不知何时来到我身后,拍了拍我的手,"我们就这样放过李沁?我们还有很多她的证据!"

大猫也在电脑前一边敲打键盘一边扭头对我说:"我做的那个树洞网站,满满的都是同学对李沁的爆料!"

我心里一阵唏嘘。

"系里都贴出公告要处分她了,她现在什么也没有了,同学也都在骂她。她其实……也蛮可怜的吧。"

冬冬拿手摸了摸我的额头,一副"天啊,你一定是在发烧!"的表情。"她这样子害你,你还同情她干吗?"

是啊,我也一直想不通,为什么我还会同情一个把我害得被很多人肆无忌惮地骂的女生。

我看向李沁那个空掉的床位,明明感觉像是昨天第一次搬行李来到203,第一次见到像她这样漂亮出众的女孩子,第一次在志忑

第八章

和不安中迎接我崭新的大学生活……

而现在，我却感觉自己苍老了许多。

明明才过去几个月短时间而已。

"阳艺雪，那你跟莫晓枫怎么办？现在全校都知道你们俩的事了……"

我看着冬冬，冬冬也看着我，彼此都无言。

自从李沁搬出 203 以后，每次看着她那个空掉的床铺，我都会忍不住走神。

而莫晓枫他们几个人，也已经从女三舍搬出去。跟刚搬进来的时候一样轰动，莫晓枫的很多女粉丝一直把他们送到男生寝室的楼下。

我没有去送，我本来就不想凑这一份热闹，还有，我也还没想好该怎么面对莫晓枫这个人。

对门的 201 寝室一下子清空，几个男生不在，很多女孩子也有点适应不来。

是再也看不到 201 寝室门上的牛奶箱塞满各种情书、礼物和零食，也不会再有别的系甚至别的学校慕名跑来找莫晓枫的女生们到处打听……我们的生活终于恢复正常，也不再有人打扰这一份早该属于我们的安宁。

莫晓枫偶尔也会给我发短信。

"肉丸,你今天没有去操场跑步吗?我都见不到你。"

"肉丸啊,中午记得不要去二饭打饭,二饭的饭没有煮熟!"

"麦当劳又推出新的甜品,你要不要择个黄辰吉日跟我一块儿去?"

……

"艺雪……你还好吗?其实我也没什么恶意,就是想知道,我跟你能不能回到从前的状态中去?"

他有时会一天给我发好几条短信,有时候过了好几天才来一条,我没有回复过,可我都有看,我会想,他给我发短信的时候脸上有什么表情,还有没有我熟悉的笑容,我喜欢他笑的模样,充满阳光,比窗外的朝阳还要明媚灿烂。

可我们毕竟在一个学校,我跟莫晓枫总是会遇到。

那天陈卫生日,陈卫在温莎定了一间包厢请我们203的唱卡拉OK。怕我不赏他这个脸临阵脱逃,冬冬从早上开始就坐在寝室一直看着我,等约定时间一到,她也没管我衣服换好没有,直接拉着我飞奔去温莎。

我甚至忘了给陈卫准备礼物,冬冬意味深长地冲我笑:"没关

第八章

系，礼物我准备给他就行，只要你人出现就好！"

可我们还是比约定的时间晚到了二十分钟，冬冬一直拉着我的手，好像真的很怕我会逃走一样，我们到包厢门口，还没推门，就听到从里面飘出来的歌声。

是五月天的《拥抱》：

> 脱下长日的假面，奔向梦幻的疆界，南瓜马车的午夜，换上童话的玻璃鞋……

是莫晓枫的声音。

这是我第一次听他唱歌。传说莫晓枫很会唱歌，大一的时候参加圣新的十佳歌手比赛，是众望所归的前三人选，结果决赛前一晚扁桃体发炎第二天没去参赛，他自己倒无所谓，参加比赛纯粹是因为好玩，更没想要得什么名次。

我也不清楚，是不是只有我一个人站在门边听得完全入迷，还以为是五月天的阿信到现场来了。

直到冬冬笑眯眯地推了推我，我才如梦初醒。

"还傻站着干什么？赶紧进来啊！"她不由分说地把我拉进去包厢，莫晓枫把最后一句歌词的尾音唱完，转过头来看我，他拘谨地

给19岁的我自己

对我说了一声嗨，我有点尴尬，只是冲他点了点头。

幸好还有陈卫的其他同学在场，我跟冬冬是最后两个到的，等我们也坐下来，他们就开始说话聊天，有好几个人在点歌，其他不打算唱歌的，就坐在一块玩骰子。

气氛很热络，包厢的灯光也不太明亮，我把自己缩在长条沙发的最边边角落，喝饮料吃零食，以为自己就这样隐形了。

莫晓枫不知道什么时候坐到我身边。

他也不说话，跟我一样懒懒地喝东西吃零食，我吃薯条，他也挑一根放到嘴里去；我喝一口果汁，他也跟着拿起他果汁喝上一口。我对他无语，他也跟着我拿郁闷的眼光看回我。

他坐到我身边，我真的浑身不自在。

突然，我听到有人带头鼓掌，我不知道是什么情况，抬头看屏幕那边，陈卫和冬冬两个人人手一只麦克风站在那，他们的背影看上去真登对啊。

在场的人都在起哄。

他们点的情歌对唱，他们有看向对方的眼睛唱歌，其实那个时候大家都不管他们在唱什么了，也不管他们跑没跑调，两个人像是情侣一样甜蜜得要腻死在场的人！陈卫的同学早早备好相机，这个时候都在给陈卫和冬冬拍照，谁也没空理我跟莫晓枫这边。

第八章

说实话，如果冬冬跟陈卫真的能配对，我觉得我是一定替冬冬感到开心。

我也希望有一个温和的礼貌的男生，默默守着我。

在我需要他的时候，他可以给我温暖；在我难过得想要哭的时候，他可以借我肩膀。

有人欺负我的话，他就算打不过那个人，也会牢牢把我护在身后，帮我抵挡风雨。

他的手掌足够宽厚，可以牵着我的手走很远很久的路，当我走不动的时候，也愿意低下身背着我慢慢走。

他偶尔会给我一些小浪漫小惊喜，他从不会嫌我啰嗦，也不会嫌我笨，只要我们在一起，平淡也是一种真爱……

我憧憬着这些的时候，忽然发现莫晓枫正静静地注视着我，他终于开口问我："为什么给你发那么多的短信，你都不回我？"他的声音也很平静，没有一点情绪波动，却透着些许的疲惫。

我一时无语，想一笑而过。

"回答我的问题。"

"就是……没想要回复你的打算。"

他好像早就料到我会这么回答，微不可闻地叹了一口气。

"李沁的事情已经过去了，你还要躲我躲多久？我说过，我跟她

给19岁的我自己

没有在一起过,她也不可能是我喜欢的类型,我喜欢的人是……"

"止住!"我知道他呼之欲出的话是什么,我就是要阻止他把话讲出口!刚好很不巧的,我说这话的时候碰上上一首歌和下一首歌的切换,中间的留白并没有别人唱歌的声音,我一声"止住!"特别响亮,整个包厢的人都看了过来。

莫晓枫最终没有套到他想要的答案,接下来也只是哭笑不得地看着我。

大猫说,没有想过冬冬会是第一个脱单的。

冬冬自从跟陈卫高调谈恋爱以后,每一天都春风得意的。有人说恋爱能让一个姑娘变漂亮,此话不假,冬冬比我第一次见到她的时候要好看许多,她的脸上总是充满笑容,眼睛也变得特别明亮,她也开始有了淑女的一面,走路跟吃饭的姿势也很注意,说话也不会大大咧咧的,聊电话的时候更是一个小鸟依人的二十四孝女朋友。

恋爱,真的能让一个人改变这么多吗?

变成一个更明亮的人,每一天充满笑容,性格也改变,变得更好,变得让人不敢置信,这是恋爱的力量造成的。

"下一个就该轮到艺雪脱单了吧?"冬冬喜笑颜开地看着我,又把脸转向大猫,"我们203最后就剩你一个还是单身狗了!"

"不对!"大猫发现新大陆一样地叫了起来,"你不是说陈卫还

第八章

欠你一个表白吗？你怎么这么笨！人家都还没表白、糊里糊涂就跟他在一起了！"

"对啊！"冬冬感叹，"我真是傻啊！"

接下来几天，她都患得患失的，每天只要不是上课，就一定傻坐在寝室里发呆。陈卫每次打电话来，她都懒得接。本来她还满心期待接下来的圣诞节，也变得恹恹的，还说要跟我还有大猫组成"圣新 SHE"，去疯狂大吃一顿……

所以，爱情到底是什么东西？

为什么它可以一下子让人变得雀跃，像是一针兴奋剂，让人充满能量、满身鸡血？

为什么它又可以一下子就让人变得无精打采、患得患失？这样的失落，跟比如"一个好学生突然考取一个很糟糕的分数""刚毕业出来找工作却处处碰壁找不到一份好工作"的感觉又是截然不同的。

它就好像是，建造在一个云端之上的海市蜃楼，你看着就觉得那个楼随时都会消失，却还是觉得一切都是美好的，你还是愿意相信一次……

莫晓枫给我织的围巾放在桌子边沿上，我一直没有再拿出来过。

我仔细摩挲着这条围巾，眼睛有点酸。

给19岁的我自己

那几张莫名其妙的纸条也放在一边,我没有看,但已经倒背如流。我不相信鬼神这一说,但我又可以怎么解释这一切?真的是有一个十年后的我,她已经在另外一个平行世界,因为这十年中发生了很多不愉快的事,所以她给在这一个平行世界,也就是才只有十九岁的我写信,告诉我该怎么抉择,告诉我,一定要接受莫晓枫……

那么,我是不是也该相信一次?

转眼就来到12月24日。

本来还很冷清的校园,因为这个西方节日的到来重新变得闹腾起来。平安夜,我们班的男同学自告奋勇到学校的超市搬回来一箱红苹果,每个女生都能分到几个,寓意平安吉祥。

冬冬还是有点怏怏的,可能,她希望陈卫能给她一点儿惊喜吧!

我们都坐在电脑前做着自己的事,这时,学校的QQ群响了,我随意点进去一看,是一条网址,不知道是什么东西,鼠标划动一下,就自动进去那个网址的页面——

我看到一组写真,是李沁!她穿得性感暴露拍了一组艺术沙龙照!

照片上的她不仅衣着暴露,脸上还化了特别厚的妆,不认真看都分辨不出这人是李沁。

第八章

"老天,李沁她撞邪了吗?"冬冬跟大猫也都看见了,她们一致发出一样的评价。我想起以前李沁的穿着,她是爱美,也有多得数不清的可以更换的衣服,但我也从未见过她这样打扮过。

哪里还有一点儿大学生该有的清纯模样,就像是……在夜总会工作的公关小姐一样!

我回头看向李沁的铺位,现在她的床位都被我们三人拿来放杂物,其实大部分都是冬冬跟大猫的东西,我自己的东西不太敢放那里去。我总感觉,也许有一天李沁又会回来呢。未来的事情,谁能真的预料得到?

突然,寝室楼下传来巨大的声响。

我们都不清楚发生什么事,跑到窗边伸出脑袋一探究竟。

冬冬率先尖叫了起来。

我们寝室楼下的那块空地上,好几个男孩子七手八脚地拿着一支支小蜡烛拼成一个巨大的心,陈卫站在这颗心的中间。以往我见他的打扮都是走的休闲风,今天好像特别隆重的样子,他新理了一个发型,他穿衬衫打领带手里还捧着一大束红玫瑰。

傍晚的风很温柔,视线尽头是被红霞点亮的天空,我再低下头,就看到也跟其他人一起帮陈卫弄这弄那的莫晓枫,他把自己手上最后一支小蜡烛放好,刚好也抬起头来看向我们寝室的窗户,我感觉

给19岁的我自己

他是在看我,我连忙把视线移开看向陈卫,他的脸涨得通红,眼睛不敢眨地看着我们的女主角,冬冬。

"喇叭弄好了吗?"莫晓枫冲身后的某个男生喊了一句。

"行了行了!"一个男孩手拿喇叭小跑过来,陈卫紧张得几乎抓不稳这个喇叭,他尴尬地笑,底下的男生还有我们几个女生也跟着在笑。

冬冬激动得眼泪都快要掉下来,她紧紧抓着我的手,我能感受到她的紧张和兴奋。我想,其实眼前这样的场景真的很常见,电视上、电影里、小说里都随处可见的桥段,我们每次看到的时候都一定会嘲笑很老套,可是,当这一刻真真切切发生到自己身上来的时候,一切都变得不一样了吧,当事人不再觉得浪漫是老套,不再认为情话是随口说说的,他们会觉得感动,会认为对方是用心去布置这一切,做这一切,就算只是昙花一现,也起码真正绽放过。

哪个女孩不会被这样的小浪漫感动到呢,更何况,是一个自己也喜欢的人亲手做这一切。

在我胡思乱想之际,陈卫拿着喇叭看着我们这边,他的脸依旧很红,他们身后的背景依旧美得像一张画。我们都在屏气等待着陈卫对冬冬的告白——

"回收冰箱、彩电、洗衣机……"

第八章

谁能想到，喇叭自己会发出声音！而且，还是回收废旧物的声音！

我们所有人都笑成一团。

"不要拦我，我要跟这个喇叭拼了！"陈卫感觉自己都没脸见人了，他愤愤地把喇叭丢到地上，狠狠踩上几脚，我们更乐了，大家都没想过会出这么搞笑的状况，也好，冬冬又笑又哭的还是觉得很感动。

保安大叔这时又出现了，让他们男孩子赶紧把楼下的蜡烛给撤掉，男孩子们不能不听话，也怕保安大叔投诉到校长那里受处分。

楼下一下子重新安静回来，冬冬准备化妆去找陈卫。

学校 QQ 群忽然响了一下，这个时候谁也没那个闲情去看 QQ，大猫不知道什么时候坐回到电脑前，她一声惊呼让我感觉心脏也颤了一下。

直觉告诉我，是发生什么大事了。

"你们……你们快点过来看学校群啊！"是一张照片，她拿鼠标点开，然后照片放大。

李沁？

照片上，李沁站在女三舍的阳台，这照片不知道是谁帮她拍的，反正我们只看到她的侧脸，但这个侧脸也能认出来是她没错！下一

给19岁的我自己

秒,学校群又响了一下,也是她自己发的一句话:**再见了各位,再见了我的青春……**

"李沁要自杀?"

冬冬脸色惨白地叫了出来。"不会的吧,她只是装模作样要吓唬我们一下……"大猫连忙安慰道。"我,我去阳台瞅一眼!"我的心忽然跳得很快,像坐云霄飞车一样,我感觉我再不跑上去看一眼,李沁真的可能要跳下去了。

女人的直觉往往准得没有谱,我们自己也说不清为什么会这么准!

"砰——"

"你们听到了吗?!"

大猫惨叫一声。

不会的……我刚刚跑到寝室门口,又马上折回来。冬冬跟大猫比我早一步跑到窗户前,我紧接着也跑过去看。这一看,我感觉整个世界都要崩塌了。

李沁从高空坠下来,她血肉模糊地倒在地上,浓郁的鲜血从她身下蔓延、绽放,整个画面变得凄美又恐怖。

远远看去,就像是一个睡美人倒在一朵硕大的红血莲当中。

越来越多的人围在附近,却没有一个人敢走过去。

第八章

远处飞快地跑过一个人。

是莫晓枫！

"快点打120啊！快来救人啊！"后来，我总会想起这一幕，残阳如血的傍晚，圣诞节的前一晚，陈卫想对冬冬表白，却意外落个滑稽收场，我们都在一片欢声笑语中度过，谁会想到，十分钟以后，李沁从女三舍的阳台一跃而下，她是那么爱美又自信的女孩，最后头破血流地暴露在所有人的眼前。

惨不忍睹。

我当时也跟着其他人一起飞奔到楼下，那段距离其实很短，也许是三分钟，也许是五分钟，但我却觉得再也没有走过这么久的路，久到我以为已经花光了小半生的时间。

我闻到一股浓烈得让人作呕的血腥味。

太多人也是第一次目睹别人跳楼，很多人都歪着脑袋在旁边狂吐起来。"艺雪，你不要走过去……"有人从我背后拉着我，我没听，一步一个沉重地走过去。李沁仰面朝天，嘴角抽搐，嘴巴里、鼻子里、耳朵里都在流着血……真像电视里演的那样，五脏六腑都摔碎了。

她的眼睛微微睁着，更显狰狞，她好像还有最后一丝意识，嘴巴呢喃着什么。就是一种本能反应，我其实也很害怕，可是我没有退后。我连忙扑上去想听她到底在说什么，她好像看到我，又好像

给19岁的我自己

并没有,她拼命睁着眼睛,但眼神是恐慌的。她的左手忽然动了一下,我看过去,她左手手腕上还系着一条水晶蓝的手链。

我的左手手腕上也有一条一模一样的,是她当初送给我的。

这一刻,就只有我跟莫晓枫两人围在李沁身边。我们都紧紧地看着她,生怕她下一秒会闭上眼睛。

"李沁……"

我竭斯底里地叫着她的名字,这时,一种强烈的痛苦撕扯着我整个人,我不知道该如何形容那种感觉,跳楼的人是李沁,我却悲伤得快要死掉一样!救护车开进学校,救护人员很快地下车把倒在血泊中、还有一丝意识的李沁抬走。

那一个画面,我觉得不要说是我了,亲眼目睹的其他同学,大概也都忘不掉吧。

忘不掉……

2007年,十九岁的我们也有这么一场残酷的青春,也忘不掉,有人那么浓烈地爱过,爱得失去理智,爱得没有自我;更忘不掉,流言蜚语的杀伤力是那么巨大,能让一个人飞上天,自然也让一个人陷入地狱深渊。

2007年,好像一场荒诞的闹剧,莫名其妙就结束了。

第八章

2017年,12月。

我从来没有想过,有一天我会跟别人说起那一件事。

原原本本的、毫无保留的。

十年前的平安夜,那一件让当时在圣新读书的人都觉得胆战心惊的跳楼事件,李沁幸好送医院及时,李沁的父母找来专家医生给她做了将近二十个小时的手术,她的命是保住了,但下半身失去知觉,下半辈子只能依靠轮椅行动。

等我把这个故事说完,已经是半夜。

我早已大汗淋漓,却有一种豁然开朗的感觉。

我让王子喻开车送我回去圣新,我们用的老办法——爬墙进来的,王子喻很配合我,我说做什么,他就陪着我一起做,又或者是,他也想参与一下我的过去,知道我的过去到底是怎么样的吧。我说起李沁那件事的时候,他也很认真在听,偶尔我思维混乱他也拿手轻拍我的手背,让我慢慢想一下组织好语言再说。

他真的,不论遇到什么事情都这样从容和理智。

此刻,我们坐在女三舍外面的阶梯上,这边也准备要拆了,听说后天正式开始施工,施工的围篱已经弄好,我看着真觉得百感交集。

我把当年李沁送给我的手链拿出来,我早就不戴了,但也不舍得丢掉,放在一个盒子里就没有拿出来过。手链早就失去应有的光泽,款式也早就过时,我细细地摩挲着,这条手链有一个神奇的功效,就是让我回忆惨痛的过去时不至于那么悲伤。

它蕴藏着一点我意想不到的力量,支撑着我把整个事情说完。

王子喻听完我的故事以后,久久没有说话。

"所以,十年前的平安夜以后,你的那个同学——李沁——从此以后只能坐在轮椅上了?她不仅失去了她的美丽,还因此差点丢掉自己的性命!"他有点无奈地看着我,"而这十年来,你一直活在悔恨与愧疚当中。"

我点点头,王子喻总结得很到位。

他仿佛一下子明白了什么,"也所以,即便你跟莫晓枫是互相喜欢对方的,也因此没有办法走在一起!"

对啊,就是这样……

"其实那时候,我也有点儿动摇了,我还想过,等圣诞节那一天,我会主动去找莫晓枫的。"我慢慢跟王子喻说着一些心里话,其实这样的感觉很特别,我跟他做不了恋人以后,对他的感觉还是很依赖,却只是单纯地把他当成自己的兄长那样。我十分愿意跟他说自己心里藏着多时的话,这在从前我们交往的时候,几乎是不会发

第八章

生的。"可你应该能想象得到，李沁的事情闹得太大了，也有点满城风雨的味道，每次只要一想到她，想到她再也站不起来……我只有满满的内疚，还怎么可能跟莫晓枫继续有什么牵连呢。"

"李沁的事情以后，莫晓枫还是会找我，但没有之前那么殷勤，后来我猜测他是也想明白了，他不再找我，他也比我早一年毕业，这十年，我们就真的没有任何联系了。"

我忍不住对着漆黑的夜空叹了口气。

"但是现在……我是真真实实地后悔了！我后悔自己当时的胆怯、从一开始就不敢积极面对爱情，才会造成我们大家的悲剧！我不止一次地想，如果能够重来一次，我一定会很勇敢。"我把莫晓枫留给我的盒子又拿出来，它真神奇，因为这个盒子，才有后面这么多的故事！"我不知道晓枫是从哪里得到这个盒子，也不知道为什么它就有穿越时空寄信的能力……"

它真的能改变过去吗？能改变历史吗？它可以让一切悲剧都不再发生吗？

"可是，我现在也没看到它能改变什么啊！是不是我做的还不够？写给十九岁的阳艺雪的信还不够？难道说，我不论怎么做，都还是没办法改变最终结果吗？！"

我的情绪开始失控，王子喻连忙安慰我："我其实以前看过很多时空旅行的论述，或者这个木盒子里面的空间，就是时空的裂

给19岁的我自己

缝……我也不懂得解释这个时空裂缝的事情,今天第一次看到这个木盒子可以用这样的功能,确实让我大吃一惊,大开眼界了。也或者说,这个盒子里面住着一个神仙,也或者是圣诞公公的信箱,他专门帮好孩子送信。"

没想到王子喻会说这样的话来安慰我,但我确实被他逗笑了。

看到我笑,他刚刚脸上的紧张一扫而空。

他真的还是很在意我。

"既然可以写信回去任何一个时间点,既然我们都弄明白这个木盒子的功能,我们完全可以再重新来过!"他双眼发光,声音也异常坚定。

是啊,王子喻说得很对,既然我们都知道这个木盒子怎么操作能达到它最大的利用价值,我是真的可以重新再来一遍。

我感激地冲他点了点头。

"后天这里就要拆了,我们就不要耽搁时间了。"

对……

"帮我拿一下日记本吧,你说得很对,只要木盒子在我手里,我可以无数次的重新来过。但女三舍要拆了,所以说,我也就只有这最后两天的机会了……"

王子喻也很明白。

第八章

  他沉默地看了看我，然后缓缓开口："不管怎么样，这次我一定陪着你。"我们一起肩并肩地走进黑漆漆的女三舍，突然，我想到了什么……

  如果我真的可以改变过去，那么，王子喻是不是就不会出现在我的生命中？

  我忽然摸黑抱住了王子喻。

  王子喻全身一僵，他不知道我怎么了，是啊，我这几天太反常了，有时候，我也不知道自己这几天做的事情，到底有没有意义。

  "艺雪，你怎么了？"他低声问我。

  "子喻，我突然想到，如果我真的改变过去以后，你会不会从我的生命中消失了？"

  他显然没有想过这个问题，我问出口以后，他愣了好一会。

  漆黑的世界，什么都看不清，王子喻的一双眼像明灯一样照亮着我。

  就算以后只能做朋友，我也不希望从此见不到他！

  王子喻把手伸过来，轻轻握着我。

  我定定地看着他，虽然，在这一刻，我们都看不清彼此的面容。有时候人心是很自私的，我不想失去晓枫，但已经失去了，就不想连哥哥一样的王子喻也失去。他冲我摇头，我能辨认他在摇头："放心，不会的，如果你需要我，我一定，一定想办法找到你的。"

给19岁的我自己

  他的这句话有着强心针一样的功效。
  我咧开嘴冲他笑,不知道他看清没有。我只是单纯想要对他展露笑容,我们都不知道这一改变会造成什么样的后果,但既然已经决定要去做,就没有回头的选择。
  "走吧!"

  说罢,他继续拉着我往前走,我们一起跨过围篱,往女三舍的深处越走越远。

第九章

一切都要重新再来一遍！

十九岁的阳艺雪，请你加油，我也会努力帮你的——二十九岁的阳艺雪。

时间再次倒转，而且，他的声音那么熟悉，我怎么可能会认错！

2007年，10月13日。

圣新的秋天悄无声息来到。

我像往常一样早起去操场跑步，刚回到203寝室就去称体重，李沁的一桶脏衣服放了一个星期那么久，大猫看不过眼跟她吵了两句。为了息事宁人，我就说李沁的衣服我给包了！

我正准备抱起李沁那一桶衣服走人的时候，很愕然地发现桶子下压着一张纸条。

"喂，你们谁刚写了纸条丢在地上……"

给19岁的我自己

一会儿整个女三舍会热闹轰动得要爆炸一样，莫晓枫还有他们寝室的人会搬进来。你待会跟他会有一个正面接触，记得，到时你不要把水桶抱在胸前，也不要把球踢出去，你要做的，就是尽量对着莫晓枫抛媚眼！不好好学习没关系的，泡学长才是正经事！我是你二十九岁的阳艺雪。2007年10月13日 8:40AM

我回头看看其他人：

李沁还敷着一张面膜在床上做着动力单车的运动，她的电话一直响个不停，追求者果然不肯死心；冬冬继续捣鼓她的手拿咖啡，这不咖啡又洒了一地，她尖叫着去拿拖把；大猫依旧无比端正地坐在电脑前敲敲打打……谁都没有注意我。我又重新问了一遍刚刚的问题，只有冬冬一个人回头看我："什么纸条啊？我们都没写纸条，别的寝室吹进来的吧？"

"无聊！"我没作多想，抱着李沁的衣服出门。走廊很快传来骚动，其他寝室甚至其他楼的女孩子都跑出来围观。

传说中圣新大学的校草莫晓枫同学出现在我们女三舍！

果然跟我刚刚随手一扔的纸条写得一模一样。

但很奇怪的是，这样的场景，我好像在很久很久以前，已经经

第九章

历过一遍。

我想起纸条上的内容,神奇般的,我没有把李沁的桶子抱在胸前,莫晓枫他们几个的足球滚到我脚边的时候,我也没有任何动作,当然,我不清楚纸条上写着让我抛媚眼是什么意思,我才不会对他抛媚眼呢!

莫晓枫三步并作两步走到我面前,他忽然看见什么,忍不住疯狂大笑起来。

我顺着他的目光看向自己……

哦!我穿着内衣就跑出来了!我记起来了,我本来是准备换一套衣服的,但看见压在桶子下的纸条后就把这件事抛之脑后。这哪里是丢人,简直是丢人丢到太平洋去了!那张纸条怎么没写不让我穿内衣出门啊?!

"啊!"我恨不得拿手戳瞎莫晓枫的眼睛,"莫晓枫,给我闭上眼睛,不要看!"

他依然在笑,眼角眉梢都闪着碎钻一样好看的光。

后来,据其他可靠的目击证人说,那一天,我的尖叫声厉害得完全可以让整栋女三舍震裂开来。

2007 年 10 月 16 日。

莫晓枫他们几个在走廊上又大演鸡飞狗跳的戏码。

给19岁的我自己

我跟李沁从混乱中跑走,去公共澡堂洗澡。

李沁弄好就比我先进去浴室,我把衣服放到澡堂的柜子里的时候,突然看到衣柜里静悄悄地躺着一封信。

咦,这信上的字迹跟上次我收到的,好像是一样的……

> 看到这封信的你应该在洗澡,记得我说的,不要脱内衣,多往里面塞一点水饺垫吧!一会儿你就又遇到莫晓枫,记住,千万要记住!待会不要踢他下体!我是你二十九岁的阳艺雪。2007年10月16日 7:50PM

我这次还是觉得很无语!不知道是谁给我写的信,我想一定是有人大学生活太无聊了,才会弄出这样的恶作剧吧!还二十九岁的阳艺雪呢,我是你祖宗的大爷!

"艺雪,你怎么气冲冲的?"

"不说了,我最近被人恶作剧了!"我赶紧进去澡堂,准备洗澡,"这年头,色狼也会写预告信了吗?"

"你到底在说什么?感觉你怪怪的样子。"李沁挤沐浴露往身上抹,沐浴露的清香顿时充满这个澡堂。

窗户边突然传来巨响。

一抹黑色人影在窗前胡乱颤动着。

第九章

天啊！有色狼！我把水关了，幸好我还没开始洗，我把衣服重新套到身上去。

"艺雪，你去哪啊？"

"李沁，穿好衣服，有色狼！"公共澡堂一般都有阿姨打扫，我抄起放在门口的扫帚就冲了出去。

我也不知道哪里怪怪的，总感觉我不是第一次做这样的事情……

天色已晚。

温度也下降了一些，我跑出来才感觉外面有点儿冷。

我在澡堂后面发现准备爬墙的莫晓枫他们几个！

"莫晓枫！别跑！我就知道是你！"

果然，跟我刚刚看到的信写的一模一样……

莫晓枫没料到我会追出来，他愣了一下，刚想问我什么，突然毫无缘由地开始大笑起来。

接着陈卫他们三个也跟着莫晓枫一起笑。

我顺着他们的视线看过去，见到我刚刚跑出来太匆忙了，衣服没弄好，内裤露了一截在外面。

莫晓枫拍拍手让其他人先回去，他一个人定定地看着我，一脸的意犹未尽。

给19岁的我自己

我羞得也想跑了,他见我想逃,连忙用他的身体挡住我的去路。这家伙……存心就是要看我难堪!

我气得直接拽他的手臂把他拉到路灯照射不到的地方,他的背面是一堵墙,我把双手撑在他身后的墙上,别人看去还以为我准备壁咚他。他显然没料到我会这样,没敢乱动,混乱的呼吸喷到我的脸上,痒痒的。

他乱转的眼珠子表明他有点儿慌乱:"阳艺雪,你这是要干什么?"

我也不知道我要干什么。

莫晓枫的眼睛很好看,五官里最好看的就是眼睛,看人的时候总感觉他是在深情凝望你一样。我跟他对视了一会,心跳忽然开始加速,他的嘴角也开始扬起笑容,带几分爱捉弄别人的邪恶,又有几分让人迷恋的温柔……

但明明这家伙是来偷看我们女生洗澡的,这么想他还是很可恶的!就算他是大名鼎鼎的圣新校草!于是,我想也不想往他的下体狠狠来了一脚!

"谁说不能踢下体的?!"想起恶作剧给我写信的人,我就觉得生气。

听到莫晓枫的惨叫声,他那几个兄弟去而复返。

第九章

"老大，你没事吧？"

莫晓枫痛苦地蹙着眉弯着身，秋天的夜晚他的额头渗出一层薄汗："谁说……爱笑的男孩……运气也不会太差的？"

2007年11月3日。

李沁带着我们约上201寝室的男生一起去酒吧联谊，李沁上课的时候偷偷跟我们说，她和莫晓枫已经是男女朋友的关系，她宣布这个消息的时候一脸幸福小女人的模样，冬冬跟大猫都忍不住欢呼，我却一点儿开心的感觉都没有。

我也说不上来，为什么我会不开心。

我不过也就偶遇过几次莫晓枫，被他捉弄过打击过几次而已嘛？有时候是在女三舍的阳台上，有时候是在操场，有时候是在走廊里。自从某一个夜晚我把他下体给踢了……他好像再也不敢去澡堂偷看女生洗澡，而我好像也在他们男生圈里出名了，莫晓枫让他们不要把这件事说出去，只是他们每次看我都会躲得远远的，生怕我把他们那个也踢了！

我阳艺雪像是这种会随便踢人下体的人吗？！

我敢说我是第一次来酒吧喝酒……

但我总感觉，我并不是第一次来酒吧，迷幻的旋转灯光，让人感觉耳朵都要聋掉的音乐，疯狂扭动着自己身体的少男少女们……

给19岁的我自己

冬冬明明走在我前面的,一看到陈卫就把我甩掉不理我了。

"你好,请问卫生间在哪?"我觉得我这个时候还是去一趟卫生间,捧一把冷水洗一下脸,不然我要窒息了。

"直走然后左转。"服务员笑意盈盈地给我指路。

卫生间里也仍然清楚听见外面震耳欲聋的音乐,我就想不明白了,怎么这里这么吵还有那么多人愿意过来玩?我拧开水龙头洗脸,蓦地,洗手台旁边慢慢显出一张报纸!

"天啊!"

我吓得不敢看镜子里的自己,这也太吓人了吧!洗手台怎么会莫名出现一份报纸!而且,还是凭空出现!

我吓得赶紧关了水龙头,但水滴声还是吧嗒吧嗒地滴落下来,女卫生间除了我又没有其他人,我能不害怕吗?我深呼吸一口气,然后慢慢地伸出两根手指捻起那张报纸,准备把它扔进去脚边的垃圾桶,突然,我被报纸的一行大标题给震撼到:

中国楼价继续无节制高攀,三线城市楼盘均价三万块一平方米……

我一看这大标题就觉得很荒谬,现在楼价、就算只是二线城市,也不过才四五千元一平方米,三万块一平方米?说出来怕是吓死很

第九章

多人吧！我又仔细看了一下其他报道，都写着一些我闻所未闻的名字和新闻，突然，我看到报道楼价的新闻旁边有一段用黑色油性笔写的话。

那字迹我觉得很熟悉，明明就在哪里见过！

这……

又是之前那个人的恶作剧？

到底是哪个人这么无聊！一直在我背后作弄我，一直不间断地写这些有的没的！有本事你倒是给我现身啊！

我冷汗涔涔，一开始我收到信件，单纯的以为是别人的一场胡闹，但后来我仔细想了一下，越发觉得不可思议，这个写信的人，先不说她每次写信的内容都很准确，就连每一次我收到信件的场景，也像是掐准了一样，信件出现的地点是对的，时间也是分毫不差！而且，每次都只有我一个人看到。

就像是这全部信件都是特意写给我看的。

今晚，你一定不要喝酒，否则你会后悔的！以及，如果你把朋友当朋友，那么从现在开始，让大猫把树洞转战到微博去，让冬冬跟陈卫一定要多买房，能不炒股就不要炒股。而你，十九岁的阳艺雪，今晚就把初吻给莫晓枫

给19岁的我自己

吧!请你一定要相信我,我是你二十九岁的阳艺雪。2007年11月3日 10:30PM

我觉得这次这个人是有点过分了啊,这次还把我的初吻写上去了!我的初吻该给谁还要你这个不知道是谁的家伙管吗?!

但是……

如果我的初吻对象是莫晓枫,感觉应该也不错吧?

我拼命对着镜子里的自己摇头,我在想什么呢,那家伙是李沁的男朋友,我为什么会想起他!

我把手烘干净后,回到酒桌去。

莫晓枫他们几个人都在等着我,莫晓枫用身体撑着吧台的样子也很酷,李沁坐在他身旁,他看上去有点不开心,不知道是为什么。我刚走过去,服务员用盘子端酒过来我们那一桌。

我突然想到那份报纸上写的话:"今晚,你一定不要喝酒!"

"服务员,给我来一罐旺仔牛奶吧,谢谢。"话一出口,别说他们几个无比诧异地看着我,我自己也吓到了。

我也不知道自己是怎么了。

莫晓枫把脑袋伸过来,拿手探了探我的额头,"阳艺雪,你没事吧?来酒吧喝奶很扫兴喔!"

他这莫名的举动让我的脸立刻红得要爆炸一样:"我酒精过

第九章

敏啦!"

不过,我为什么感觉到他其实就不希望我喝酒,就只希望我喝牛奶呢?

服务员把酒水放到桌上去,陈卫带头给所有人倒酒,除了我,他笑嘻嘻地盯着我红得厉害的脸看,问我怎么还没喝脸就这么红了,是不是看到喜欢的帅哥。他也就随口一说,我不自然地看向跟我坐对角线的莫晓枫,他闷闷地喝着酒,李沁一直缠着他说话,我心里有点不是滋味。

我拿起我的旺仔牛奶跟他们碰杯,他们虽然觉得我够奇怪,也没有觉得不愉快。

我觉得,我们几个人能待在一起,不论做什么都很开心。

我问他们:"如果,你们接到未来自己的来信会怎么样?"

我也不知道为什么要选在这个场合问他们这个问题,也不清楚问他们能够得到什么样的回答,他们也有人跟我一样收到过这么奇怪的信件吗?他们有人,能够很好地解答我的疑惑吗?

果然,他们几个人都面面相觑的,每个人脸上都写着不解。

冬冬第一个举手发言:"我觉得我会很惊恐啊!然后想办法问她,我未来老公是谁?"说着说着她害羞地看了一眼陈卫。

大猫想了一下说:"时光之旅在理论上是可行的,不过我如果真的收到这样的信,第一反应就是自己被恶作剧了吧?"

陈卫笑着看我:"阳艺雪,你还没开始喝就醉了吗?"

陈卫说完这句话,其他人也都笑着,莫晓枫笑得很夸张,他不断跟我的旺仔牛奶碰杯,一开始明明是心事重重的模样,到后来,他喝高了,跳到桌子上给我们跳舞。

他手长脚长的,就算只是胡乱地跳一段,也有种不一样的韵律感。

他整个人发光一样的好看。

李沁自豪地给他鼓掌,就连酒吧里其他人也都被他吸引过来。我托着下巴,傻傻地看着他在那里自娱自乐。真的像陈卫说的那样,我没有喝酒啊,我怎么突然就醉了呢。

那一刻,我脑海里只有一个想法,那就是希望自己可以一直看到他光芒万丈的样子。

莫晓枫去卫生间了。

可是,他好像去的有点久。半个小时过去了,他还是没有回来。李沁急了,给他打电话,才发现他的手机一直放在桌上。"我,我去找他!"李沁吓坏了,怕莫晓枫喝多了发生什么不好的事,陈卫把她按回去,说这种事还是男生去男卫生间看看吧。

我也不知道哪里来的感觉,也许,那份报纸……

第九章

莫晓枫可能是喝多了跑出去呢!

大家都忙着去卫生间找莫晓枫,谁也没有留意我跑出去,我一跑到马路就看到他了,他背对着我摇摇晃晃地往前走,也不知道要走哪里去,看来醉得厉害。

夜色朦胧,灯影绰绰,我忽然莞尔,可不是谁都有机会见到这个样子的莫晓枫。

"莫晓枫!"我圈起双手对着他背影大喊了一声,他似乎听见了,想回头,脚步一歪整个人狼狈地摔在路边上。

我连忙跑过去扶起他。这家伙看着也不胖,很瘦,其实也重得要命!我费了很大的劲去扶他,他却想挣开我:"我没醉!你不要扶我,你,你可以去扶这条路,它在晃!"

天啊,这家伙,竟然跟我说一条马路在晃?

喝醉酒是什么样的体验?我明明没有喝醉,但很奇怪的是,我像是曾经喝醉过。

就是,我曾经也深有体会莫晓枫这一刻的感觉。

跟莫晓枫酒醉的样子差不多,看什么都在晃,看什么人都会分裂成好几个,嘴上说着"我没有醉,我很好,我能走直线",偏偏走得东倒西歪还不肯接受别人的帮助!

莫晓枫比我高很多,他整个人的重量压到我身上来,让我几乎喘不过气。"大哥,你行行好,能不能不要乱晃了?我待会还得回去

给19岁的我自己

酒吧扛其他人!"

他似乎感觉到我的吃力,可是他还是在晃。

他忽然把脸转过来,似在看我,又或者是在看路,他一定是头很痛,他的手不停揉着按着太阳穴那边。我要是够高、手够长,我真想帮他分担一点痛。

我忽然,有点心疼他。他这一刻哪里是那个每次出场都能引起轰动和尖叫的校草王子,也不是那个偷看女生洗澡被抓包以后气急败坏的淘气少年,他变得有点无理取闹,也有点幼稚可笑,他好看的唇角弯起一个弧度,他其实没有在笑,他只是习惯性扬起嘴角。我发现啊,他不论摆什么样的表情,都是好看的。

老天爷有时候太不公平了,给一小部分人最得天独厚的优势,试问,剩下大部分的普通人怎么敢靠近这些完美的人呢?

阳艺雪,你醒醒吧,你该不会真的喜欢上校草吧?你能跟李沁比吗?李沁那么完美也那么多人追捧,可人家一心一意要跟莫晓枫在一起啊。

我慢慢伸出手,想碰一下莫晓枫的脸。

"肉丸,那你,那你听我唱歌吧,就一首!我想唱歌给你听!"他忽然开口说话,吓得我一动不敢动杵在那里。

莫晓枫忽然张开双臂,像母鸡护小鸡一样地紧紧搂着我。他灼

第九章

热的呼吸喷到我脖子上,我的心咚咚咚地跳得很快,这一刻,我很想有一个开关可以控制一下自己的心跳,如果莫晓枫听到我的心跳声……他一定会笑话我在花痴他吧!

幸好,他好像没有发现我的任何不对劲。

他自己给自己打拍子:"我要开始唱了喔!你听好了!"

> 在这夏末初秋的天气里
> 空气中弥漫着思念的因子
> 我好想好想告诉你
> 其实我一直一直喜欢你
> ……

我好像不是第一次听他唱这首歌……啊,我记起来了,他在女三舍的阳台上弹唱过这一首歌,那天风和日丽,天空是湛蓝色的,阳台上晾晒着五颜六色的女孩子的衣物,白色的被单被风吹得乱舞,莫晓枫像一个精灵,藏在白色的被单后面,他一个人抱着吉他默默地练习着。

有时候,我也分辨不清我对他到底有着什么样的感觉。

他是人人追逐的校草,他的朋友也多,他跟校花李沁也很登对,但我有时候会有一种错觉,错觉他其实也在看我,也在像我那

给19岁的我自己

样,总是不由自主会想到他,念起他,想他现在在干吗,跟谁在一起,在跟别人聊天吗?在聊什么?还有他自己写的这首歌,是给谁创作的……

他喝太醉了,好好的一首歌唱到一半,声音渐渐低下去了。

"肉丸,背我……"

"莫晓枫,你说什么?"他跟我开玩笑吧!他竟然让我背他!但他真的太醉了,我扶他也扶不动了,好吧,我撸起袖子,咬牙把他扛到我背上!不要问我是怎么做到的,可能……我天生就是女汉子的命吧!

我痛苦地背着他,每往前走一步都觉得腿上被人绑了巨石一样,一步一个沉重,眼泪都要飞溅出来。

"莫晓枫,以后换你背我!"我咬着牙,气息从牙缝里蹦出,只听见他在我背后打着呼的声音。

然而,他的气息像特大的海啸,铺天盖地袭击我,包围我。

他慢慢地不再乱动,睡得很沉,像小孩子那样。有那么一瞬间,我真的怀疑他是在拥抱我,怀疑,他也是喜欢我。

那个"二十九岁的阳艺雪"写给我的信越来越密集。

她好像能预见我什么时间会去什么地方,而且我慢慢摸清楚,是莫晓枫也会出现的地方,她才会给我写信。

第九章

不仅仅是寝室、教室、操场，甚至学校的开水室、学校的小超市，我都会收到她的来信，然后看完信我都会毫无意外地碰见莫晓枫。

我跟莫晓枫始终打打闹闹的，他也丝毫没有察觉我对他倾心的事情。

我们两人，这样相处着，也不错，至少，我跟他是朋友，朋友可以一辈子。

所以，我已经慢慢觉得这一切不奇怪了，甚至，我开始有所期待，想着这个人什么时候又会给我写信，又会给我出什么主意，让我跟莫晓枫靠近一些。

可我心里到底是碍着李沁的存在，我知道她很喜欢莫晓枫，虽然我也知道，喜欢一个人，从来不能作比较。

……你喜欢他吗？不用说名字，我知道你和我一样，第一个想到的人就是莫晓枫。在我跟你一样大的时候，我也有试过问室友，喜欢一个人到底是什么样的感觉，好来判断自己是不是真的对他有感觉。我是你二十九岁的阳艺雪。2007年11月9日5:30PM。

我把"二十九岁的阳艺雪"写给我的信放好，冬冬跟陈卫聊电话聊得很欢乐，大猫在电脑面前敲敲打打着什么，李沁翩翩然地回

给19岁的我自己

到寝室,她亲热地抱了一下冬冬,然后嗲嗲地跟冬冬说:"冬,对不住啦,我要跟你说一件事,你先答应我不要生气喔。"

冬冬不情不愿地挂了电话,问:"你先说说啥事。"

"就是,"李沁的眼珠子俏皮地转了两圈,还委屈地嘟起嘴巴,"你借给我的汤煲我拿去给201了,然后,被宿管阿姨收走了。"

冬冬蹭地一下跳起来。

"我答应你,会向阿姨要回来的!"

"要不回来,你就给我买个更贵的!"

冬冬也没有真的生气,李沁又很会哄她,两个人过一会又和好如初了,我想起刚刚看到的信的内容,我问她们,怎么样表现才算是喜欢上一个人。

她们像是情感专家一样给了我很多回答。

其实,我知道的,我不需要问她们,我心里明明就有了答案。

我为什么不敢承认?

就好像前两天,我在教室里收到"二十九岁的阳艺雪"寄来的信,她很好地提醒我这个时间莫晓枫在打比赛,让我不论发生什么事,都一定要过去看。

鬼使神差的,我让冬冬给我打掩护,从后门溜走了。我人生中第一次的逃课,又羞愧又刺激。

第九章

阳光铺满一路,激烈的心跳隐在只有自己一个人奔跑的路上,明明两边栽种的树木都长出秋天的黄叶,你的眼中却看见清脆的绿,甚至听见鸟儿欢快的鸣叫。

能去看喜欢的男生打比赛,其实也是一种幸福不是吗?

不要求得到什么回报,也不想被他知道你为他做了什么。

只是想要混乱的人潮把你的身影挡住,你藏在其中,因他而生的喜怒哀乐只有自己知晓。

就算想他知道,怕他知道,更害怕他明明知道又假装不知道,在看见他笑容亮起的那一个瞬间,一切纠结复杂的小情绪,消失得无踪无影。

我刚赶到篮球场时,莫晓枫一个轻松弹跳,完成弧线完美的三分射篮。

场内场外都响起热烈的掌声,我也使劲鼓掌,反正,他也看不见我。

像是我的这一句心里话被他听见了,他莫名地看向我这边,眼神凝在空中,久久没有转回头。

其实我也不确信他当时有没有看到我,但我就那么直直地看着他,那一刻,真的有一种一眼万年的错觉。

就是他了,我寻寻觅觅那么久,唯一一个可以令我心动的那个人,是他莫晓枫没有错。

给19岁的我自己

……

"光棍节要到了,你们几个还是想办法脱单吧。"李沁的一句话把我引回来现实,她自信地嘴角上扬,眼睛闪着熠熠的光。她永远是人群中的焦点,美好的存在,应该从来都不过什么光棍节的吧。"那天我就跟晓枫一块儿过,不过作为好姐妹,我还是希望你们那天也玩得开心。"

我的手中还捏着前两天收到的纸条:

你知不知道,其实男生打篮球,回过头来第一个看的人,就是他喜欢的人?你们四目相对的那一刻,并不是相遇,是重逢。世间所有的相遇,都是久别重逢……我是你二十九岁的阳艺雪。2007年11月7日13:00PM。

两天后,光棍节。

白天的时候没发现有什么不一样,直到夜幕低垂,整个圣新仿佛苏醒了一样,到处都是雀跃的欢呼声。

整个大操场挂满数不清的小彩灯,舞台也很快搭建起来,感觉就像是在过大节一样。

我实在搞不明白圣新的学生会为什么还特定选光棍节这一天办

第九章

派对，我更搞不明白的是，都已经牵手成功的小情侣们怎么凑热闹一起参加这个晚会！我赶着去实验室帮马教授做碑刻，我擦过无数情侣的肩，也被很多同样跟我单身的同学兴奋地踩了一脚，他们没有看见我神色匆匆，有一些认识我的同学还拉着我，问我为什么不一起玩。

我心里有一万头草泥马跑过，我内心咆哮道："都已经单身了还参加单身派对，我是吃撑了没事做吗！"

大部分还在学校的同学都参加派对去了，实验楼静悄悄的，我也乐得清净，我并不是第一次做碑刻，但总感觉这次做得特别顺手，而且我好像有读过这份碑文……

倏——

门外忽然跑过一抹瘦高的身影，我隐约听见有一串高跟鞋踩过地面的声音，两秒以后，门外被人上锁，我跑到门边，用力扭动门锁，发现打不开！

吧嗒——

突然，实验室的灯灭了，我摸黑找电源开关，找到了，但怎么弄都没有来电。

我把手机的手电筒打开，来实验室的时候比较匆忙，我没来得及给手机充电，现在也剩不了多少电，而且这边信号一向出名的弱

给19岁的我自己

爆了,单身狗的我在光棍节这一天真的倒大霉了!

我用力捶打门板,没有用,捶久了手也开始酸,我就用推,使劲地推,也是纹丝不动。

"喂,外面有人吗?"这黑不隆冬的,实验室的角落还站着一排马教授视若珍宝的木乃伊,我都不敢回头看这些东西,怕它们也在悄悄打量着我。

哎!门缝中忽然跌进来一封信。

我一下子就猜到是谁写的信——"二十九岁的阳艺雪"!在这样一个特别无助的时刻,我看着那熟悉的字迹,内心涌动一股暖流!

就好像是我的老朋友来看我一样,有点期待又有点惊喜。所以说,这封信是来救我出去的吗?

现在是九点半,你没有忘记你跟莫晓枫几天前在麦当劳遇到时他对你的邀约吧?他现在就在女三舍的阳台等你。世界这么大,可是你就足够幸运,你喜欢的那个人刚好也喜欢你。不要纠结以后的事,牵起他的手,吻起他的脸,你才会知道该怎么走!青春就应该是这个样子,想吃什么排队也得吃到,想买什么存再久的钱也没关系,想说的话千万不要憋在心里。还有,想见的人,就算再远也不

第九章

要错过。加油吧!青春无悔!我是你二十九岁的阳艺雪。
2007年11月11日21:30PM。

实验室的窗外,多个白色的亮着光的孔明灯渐次升空,我好奇这么多孔明灯里,同学们都写的什么愿望,而这些愿望里面,有没有可能是真的可以实现?

楼下有一个男生很用力地大吼了一句"我喜欢你!"

不知道这个人喜欢的女生是怎么样的,有没有也在楼下、听到这个男生的告白,会知道这个男生是对自己说的吗?她是不是本来就已经喜欢这个男生?没想到,却被这个男生选在光棍节这一天捷足先登的告白?

这一刻,我很感谢楼下这个不知名的跟他喜欢的女孩告白的男生,他给了我足够的勇气和信心,我知道我与其在这里等待奇迹的发生,不如,由我自己创造奇迹!这个窗户下面连着水管,或者……我被我大胆的想法吓了一跳,但转念一想,大学生本来就充满无限可能,跳窗再从水管逃走,好像也很刺激!

我环视一圈,发现实验桌上有一块厚重的石膏!我拿起实验桌上的石膏,眼睛一闭,狠狠往这扇窗敲下去。

一整面窗玻璃顷刻粉碎!

给19岁的我自己

我扒拉着窗沿,看下去,虽然才二楼,看着也有点高,但我总感觉,我不是第一次跳窗,也不是第一次爬水管。

我很轻易就顺着水管爬到一楼去。

等到我双脚站稳,我还是觉得很不可思议,我的腿没有哆嗦,也没有觉得惊心动魄。

"谁敲烂实验室的窗玻璃?给我站住!"

一阵摇晃着的手电筒光照到我这边来。

糟糕,保安大叔追过来了!

眼下这个情况,明知道自己有错在先,还是得逃跑至上!保安大叔不依不饶地追着我,我拼了命地往前跑,这一刻我脑海里真的只有一个信念:就是尽快赶回去女三舍的阳台,莫晓枫他在那里呢!

虽然,他很有可能不在阳台,但"二十九岁的阳艺雪"应该不会骗我吧,她每一次写给我的信,上面写到的内容都会发生,我也说不出原因,但就是那么神奇地发生了。

想要见到的人,就算再远也不要错过。谁知道,这一错过,会不会就是一辈子让人扼腕的遗憾!

平时我也没见过我体育这么发达,身体像是有一台小马达在运转着,头顶上的夜幕好像在静悄悄地给我加油,两边昏黄的路灯也

第九章

像在给我加油打气,远处飘来的音乐声也激昂痛快,这一切一切,都驱使我不停狂奔,不停追逐,不能停歇。

莫晓枫,我现在赶过来了,你一定,一定要等我啊!

我很快就跑到女三舍的楼下。

一个跑得飞快的人影几乎把我撞了。莫晓枫一脸紧张的,呼吸急促,不知道要跑去哪里,我伸手拉住他,他回头,看见是我,很用力地松了一口气。

"阳艺雪,你去哪里了啊?!我到处在找你!"

我几乎,没有见过这么急躁的莫晓枫。

除了之前有一次我跟他在麦当劳,我在他面前提起李沁的时候,他也这么着急解释过。

我用手摸了摸因为奔跑而红得厉害的脸,气息还没完全平稳,有点儿喘地跟他说:"我,我刚刚有事耽搁了,你一直在阳台等我吗?"

他抱着手臂看着我:"你有事不能来的话,可以跟我说一声啊。"

"我……"糟糕,这家伙是真的生气了?

"不然,怎么让我安心等你。"幸好,他没有生气,刚刚他像是很担心我的安危,现在看到我赶过来,脸上的紧张和不安统统一扫而空。

给19岁的我自己

我这个时候也答不上话，只能看着他傻笑。

刚刚在实验室遇到的怪事，被人在外面反锁，还遭遇切断电源这样的事情，也一下子变得无关紧要。管他呢，我反正最后还是顺利出来见到莫晓枫了，说到底，还是要感谢那个自诩是"二十九岁的阳艺雪"的人，总是写信提醒我，我应该做什么，不应该做什么，面对莫晓枫的时候应该怎么做，该勇敢的时候要勇敢一些，人生明明就那么一次，不可能再有第二次的机会了，该争取的时候，就不要后退了！

要不是这个写信的人，我想我现在一定还困在黑漆漆的实验室里，跟马教授最爱的那一排木乃伊一起大眼瞪小眼！

我跟着莫晓枫走上女三舍的阳台。

阳台也一片漆黑，模糊能看见一溜儿还被晾挂着的衣服和被单，被风吹得胡乱地起舞。

"现在已经很晚了，准备拍照的地方都关掉了，作为补偿，我不如给你表演一个魔术吧！"

没想到啊，莫晓枫他除了会耍帅、会弹吉他、会唱歌、会摄影之外，还会变魔术！这些不都是男孩子追求女孩子的必要技能吗？

这家伙，都是用这些招数追求李沁的吗？

他从胸衣口袋掏出一根火柴，划亮，吹灭，然后掏出第二根，

第九章

又划亮,又吹灭,他掏出第三根火柴,这次,他把划亮的火柴对准天空的方向。

"阳艺雪,你过来帮我吹。"他的手举着那一根亮着的火柴,我把头凑过去,轻轻一吹。

莫晓枫很满意我的表现,拿另外一只空闲着的手打了一个漂亮的响指。

哐当——

一秒钟之间,整个阳台都明亮了起来!

比学生会的人办派对用的灯饰还要好看,灯光柔和又不刺眼,一盏盏小灯串联成一起分布阳台的不同角落,所有小灯同时亮起,让整个阳台亮如白昼。

莫晓枫微微侧着身站在这一大片亮光中,他没有说话,没有动作,巨大的光亮把他修长的剪影拓到地上,我不忍心踩上他的影子,总觉得,莫晓枫完美得连影子都是那么好看,每次想要靠近,却总是不由自主地退后。

他布置这些小灯,一定花了不少时间吧。这么一想,我有点儿感动。

"你还挺浪漫的嘛。"他终于回头,认真地注视着我。我感觉不说点什么,气氛就会变得奇怪。

他摸了摸鼻子，冲我赧报地笑了。"两只单身狗的节日，还是得弄点什么惊喜，才不至于太惨吧。"

不知道是那灯光璀璨太迷人，还是为我表演这个小魔术的男生太迷人，直到莫晓枫把话说完很久，我都没有要回应他的任何动作。

言语，在这一刻，在这一个场景里，变得不太重要。

我两步上前，企图距离他更近一些。

"**不要纠结以后的事，牵起他的手，吻起他的脸，你才会知道该怎么走！**"脑海里，蓦然浮现"二十九岁的阳艺雪"写给我的话，我虽然可以经常跟他开无伤大雅的玩笑，但说到底，我还是不清楚莫晓枫心里真实的想法。

但如果我现在还是傻愣愣地站着，什么事都不做，那我砸窗跳窗还有爬水管是为了什么？我就是要见到他！现在，我是已经见到他这个人了，他距离我也很近，我知道，如果我主动一点，也许，我跟莫晓枫就会有故事发生。

我伸出手，轻轻拉上他的手。

他回头不解地看我，双眼闪着璀璨夺目的光，我踮起脚，把唇吻上他的左边脸。

"阳艺雪……"

只不过是蜻蜓点水的一个吻，已然耗尽我小半生的力气，莫

第九章

晓枫未曾料想过我会有如此举动，惊讶地看着我，我不敢再看他，脸颊红得要着火一般，我只能侧过脸看向他身后的大片流光："谢谢你。"

他还想对我说点什么，远处忽然绽放绚烂烟火，大朵大朵的烟花擦亮整片暗沉沉的夜空，就算只是昙花一现，也美得惊心动魄。

莫晓枫想起什么，把他的宝贝相机打开："来，我们合照一张吧！"烟花稍纵即逝，他想要留住这一刻的美好。我们两人背对着整片天幕，各种缤纷色彩的烟花接连不断地绽放，他十分自然地把手绕到我背后，轻揽我的肩膀，我来不及露齿一笑，他已经飞快地按下快门。

照片定格的那个瞬间，我跟莫晓枫的青春也仿佛被定格了下来。

也许对我们很多人来说，"青春"，是一场肆意狂欢的旅途。在这个旅途上，我们会遇见形形色色的人，很多人不过是旅途中的过客，我们跟他们，也许吃过一顿饭，喝过一场酒，看过几场曲终人散场的电影，也听过一些适合失恋时候听的歌，但仅此而已，很快过客们会一个个离场散席，而最后留下来的，也许是一个，也许是两个，不会很多，但不至于没有，这样的人，我们知道，值得花一辈子去记住，就算最后还是免不了跟其他过客的命运一样，各赴天涯。

给19岁的我自己

莫晓枫，我当时真的好想跟你说，你就是我这一场青春旅途中，唯一一个让我想记住一辈子的人，一辈子到底有多长，人又可以活到什么岁数，其实我心里没有谱，也不知道天灾人祸什么时候会夺走人脆弱的生命，所以啊，如果我连这一个小小的机会都不好好把握，那么，我第一个对不起的人，一定是那个一直给我写信的人。

她的用心良苦，我又何尝不懂。

第十章

2017年11月17日。

我在一阵巨大的轰隆隆声中醒来。

我转头看向窗外,圣新这一边的旧楼都开始被拆了,工人们一早就过来开工,各种大型机具运作起来,轰隆隆的巨响让人觉得耳朵无比难受。

我站起身伸了一个懒腰,一直抱在怀里的木盒子几乎又被我摔一次,幸好这次我警惕万分,把它好好护在怀里。

我低头看了一眼抱着睡觉的木盒子,盒盖上放着十年前我跟莫晓枫在女三舍阳台上拍的合照,我们两人都对着镜头傻笑,身后绽放着一朵蓝紫色的烟花,照片上烟花美得灿烂无边,而我也看到莫晓枫偷偷揽着我肩膀的手指因为紧张微微弯曲。

我起初没有反应过来,很快我意识到,我的记忆真的发生了不可逆转的改变!

十年前的光棍节,实验楼、女三舍还有阳台上发生的一幕幕迅

给19岁的我自己

速在我眼前闪过,我只记得最开始我保留着晓枫的一张单人照,而现在,照片变成我跟晓枫的合照!

我激动得想大叫。

"太好了!子喻,我终于……"我回头看着这个即将被拆掉的教室,除了我以外,哪里还有第二个人!还有,我刚刚叫的子喻……又是谁?子喻,子喻,我拿手拍了拍脑门,发现我的记忆里已经没有这个名字的主人的存在。

"是一个很熟悉的名字,但我怎么突然就记不起来呢。"户外拆迁工作进行得如火如荼,我要赶紧继续给十九岁的阳艺雪写信了,不然,这栋大楼不在,木盒子的信件就寄不回去了。

现在,我真的是在跟时间赛跑,时间是多么无情啊,这十年我缺席晓枫的时光,为了弥补,我只能在这短短几天里改变过去。就算失败,我也不介意了,只要还没到最后一秒,我都得坚持下去!

晓枫,你能听见我的话吗?我们的关系真的有在慢慢改变了,你等我吧,再给我多一点点的时间好吗?

2007年11月17日。

我越来越相信"二十九岁的阳艺雪"写给我的信,还有上面告诫我的话。我跟冬冬科普十年后中国的楼价会涨得惊人,让她能毕

第十章

业后买房就买房吧,然后我又把在电脑前忙活着的大猫叫过来,跟她说让她赶紧把树洞转战到微博去,以后一定可以发大财。

她们两人都听不太懂我在说什么,拼命叫我解释一下,我也不知道从何解释,"二十九岁的阳艺雪"把这些事情写得过于简单,信里面只叫我这么跟她们说。

"反正,你们以后按照我说的去做,准没错!"

"艺雪,我觉得你最近有点奇怪哎。"大猫还是不知道"微博"是什么东西,她百度这两个字,也一无所获,我自然也不知道那是什么东西,但直觉告诉我,她们只要按我,不对是按那人写给我的信去做,一定能够成功。

我继续跟她们科普这些奇怪的理论,谁都没有留意李沁是什么时候回来的。

她跑得气喘吁吁,像是刚刚游过泳一样。

她进来以后一句话不说,直接走到我面前:"阳艺雪,光棍节那一天你是跟谁一起过的?"

我吃了一惊,有点儿不知所措。她目光像鹰一样锐利地盯着我看,我没有看过她这样子,很可怕,像是我背对着她对她使了什么坏招一样。

我吞吞吐吐:"我去了实验室,然后,在阳台看夜景。"

给19岁的我自己

　　李沁仿佛在生气，脸色很臭："你跟莫晓枫一块儿吗？"

　　果然，她是来兴师问罪的，我也纳闷光棍节那天夜晚莫晓枫为什么没有陪李沁一块儿过，但又知道他这人不喜欢别人在他面前提李沁……当然，我自己也有一点小私心，在那么一个美好的场景里，提起别的女孩的名字，确实不应该。

　　我知道我对不起李沁，但我没有办法阻挡内心对莫晓枫热烈的渴望。

　　"他也在阳台，他在那边拍照。"

　　那一晚的烟火好美，我想我会直到很久都忘怀不掉。

　　李沁一听我这么回答，怒火中烧，她气得不知道该怎么发泄自己的情绪，把寝室里能看见的东西都砸到地上，我们上前阻止，李沁看到我，狠狠地推开我。

　　没有人看到那封信是什么时候出现的，李沁眼尖，她迅速弯身把信件抢过去看。我想，她一定是以为我跟莫晓枫有什么不可告人的秘密！信上的内容不多，她一下子就看完，看完以后她抑制不住地大笑起来，把我们三个人都吓着。

　　随即，她把那封信揉成一团，狠狠踩在脚下："阳艺雪啊，你在玩精神分裂还是在自我催眠啊？"

　　我把信捡起来，一看，脑袋也懵了，是来自"二十九岁的阳艺

第十章

雪"写来的。

  未来几天,请你好好把握跟莫晓枫任何一次的相处机会。我不能跟你说更多了。如果莫晓枫让你上他的单车,千万不要拒绝。还有,莫晓枫最近会有一个摄影展,你必须要去,但记得不要让李沁去,她会闹事!只要李沁不在,对你们所有人都好。我是你二十九岁的阳艺雪。2007年11月17日 19:40PM。

冬冬跟大猫也看了,她们都觉得这个信件很诡异。

"说,这封信是你自己写的吗?"李沁倨傲地瞪着我,仿佛要把我生吞到她肚子里去一样。

冬冬跟大猫也都转头来看着我。

我的掌心已经出汗。

"是又怎么样?"我决定豁出去了,因为我知道就算我说实话,没有人会相信的。"是我写的,我喜欢莫晓枫。"

我从来没有想过,有这么一天,我一个胆小鬼也敢当着别人的面承认我喜欢圣新校草莫晓枫的事情。我喜欢他什么呢,喜欢他总是可以轻易让我动心,喜欢他明明披着帅气无比的皮囊也有调皮捣

给19岁的我自己

蛋的一面,喜欢他每次端起宝贝相机拍照时专注的模样……

我为什么会喜欢他?

答案,重要吗?其实,并不重要!

只是苦了一直被我欺瞒的冬冬跟大猫,她们一直不知道我对莫晓枫的心意,自然,每次李沁当着她们的面讨论莫晓枫的时候,我总像一抹尴尬的空气,故意不说话。这一刻,她们默契地问我这是真的吗。

我朝她们两人肯定地点了点头。"嗯。"我又把脸转向李沁,"但李沁,你请听我说,我不想再瞒着你这件事,我把我喜欢他这件事说出来也不是为了跟你争他,我只是跟随自己的内心作了一次抉择,我不愿意欺骗自己,以后,也不会再拒绝他、逃避他!"

李沁听完我的话后,像是听到一个荒诞离奇的笑话一样,她把这个笑话消化完以后,很不屑地冲我说:"不自量力!"

然后,李沁摔门而去。

我以为冬冬跟大猫会鄙视我,然而并没有,她们给我鼓起掌,我忽然明白,原来并不是每个人都可以当上主角,但当你肯定自己的价值认为自己也有能力的时候,你就是你自己的主角!

谁都没有办法撼动你的地位!

第十章

2007 年 11 月 29 日。

上海竟然下雪了。

我抬头看着从灰蒙蒙的天空飘下来的雪花，没觉得冷，反而心里有不小的雀跃。

自从公然跟李沁把话说清楚以后，我的心豁然开朗，再也不用把自己对莫晓枫的心意藏起来，偶尔遇到莫晓枫，我也会大方跟他打招呼。

他不止一次问我，最近我是发生什么事了，怎么看起来那么开心。

"能让女生开心起来的事情，好像并不多喔。"我故意对他卖关子，他一定想不通其实他就是让我开心起来的真正原因、唯一原因。

"那到底是什么？"他像好奇宝宝一样。

"暂时不告诉你！"等以后，我的勇气再积攒一些，我再大声告诉你，我是因为你才变得开心起来的，我喜欢你莫晓枫！

但我跟李沁却没有办法再做回朋友，她笑话我不自量力，对我冷言冷语，她没有办法想象我这种丑小鸭还敢喜欢校草，她伙同其他同学联合起来孤立我，排挤我，这不，我准备到车棚取我自己的单车的时候，发现我的单车莫名其妙被人加了一把锁。

单车打不开，我倒没有什么所谓，我后来看到我的单车还被人喷油漆，上面写着三个字：不、要、脸。

给19岁的我自己

喜欢一个人有错吗?有罪吗?即使这个人遥不可及,远得像天上的一颗星星。我怎么就这样被人骂不要脸了?这三个字不是拿来形容那些抢人家老公的小三比较适合吗?

他们凭什么这样说我!

我气得想哭,一阵清脆的单车铃铛擦过我耳畔,我抬头,赫然见到莫晓枫骑着他的单车过来,他单腿点地停好车,朝我抬了抬下巴:"上车,我载你。"

上一秒我被人恶意中伤、还处于冰天雪地中,下一秒莫晓枫英俊的容颜、温暖的嘴角,让我心头一暖。

嗯,"二十九岁的阳艺雪"也跟我说过,当莫晓枫让我坐上他的单车后座时,不要拒绝。

是啊,我怎么能拒绝他,他的一切,实在美好!

莫晓枫骑单车的速度飞快,他也不理他身后的我紧张得要死,但他骑车其实很稳,就算已经骑这么快了,我却一点儿都没感觉颠。

眼前的景致再熟悉不过,也没什么特别,我已看过无数遍,可这一次,我坐在莫晓枫的单车后座上,我觉得眼前的景色都是新鲜的,我从未见过的。

我把手慢慢伸过去,轻轻握着他的腰,他似乎感觉到了,身体猛地一僵。

第十章

"阳艺雪,坐我的单车,你害怕吗?"他逆着风说话,声音响亮。

"怕什么啊?怕你把我摔出去吗?"我把头轻抵他的后背,总感觉,这样说话,他会听得更清楚。

他好像有点害羞起来,咯咯地笑着。突然,他使劲蹬脚踏板,我只隐约感觉耳朵被风刮得很痛,却十分刺激。

"要是不想被摔飞出去,请你抱紧我吧!"后面这句话,他一本正经地说。

放在以前,我一定要跟他唇枪舌剑一番,明明想抱紧,又不想让他如愿,但这次,我很听话按照他的意思做了,我抱紧他的腰,他惊讶得一时半会说不出话来。

这样的感觉,也蛮不错。起码,他坐在我前方,看不见我早就像熟透虾子的一张脸。

遇到红灯,他帅气地单腿点地。

"我们来玩猜单双数游戏吧。现在红灯,等绿灯亮起来的时候,我们就开始数,看看谁猜的对。猜赢了的那个可以让对方选真心话或者大冒险。"也许见气氛莫名沉闷,也许,他本来就喜欢这种游戏,他瞅了一眼马路对面的人潮,扭过头来问我意见。"好啊。"我抬头看了看他,心直口快地说:"我猜是双数!"

给19岁的我自己

"那我猜单数咯。"

红灯转成绿灯。

一直等着过马路的人开始走动。

我跟莫晓枫都很认真地数数:"一个,两个,三个……"他数数的时候,我也在后面偷偷看着他的侧脸,我真想问问他,你这家伙,明知道自己长得这么好看,为什么总要出来祸害一众无知少女!

"十二个!"莫晓枫欣喜地转过脸来,我刚顾看看他了,后面其实我都没数,他浑然不觉我一直在偷看他,拿手拍拍我头顶:"你赢了啊!"

"那你选真心话还是大冒险?"

"真心话。"他的嘴角适时勾起一个好看的弧度。他把头转回去,眼睛看着马路上的人潮:"阳艺雪,我喜欢你!!"

整条马路的人都在看着我们这边。

我、喜、欢、你!

莫晓枫,那你知不知道,我心里对你百转千回的心事,我所有能做的或者不敢做的或者……我自己也不确定的一切小心思,统统也是来自这四个字。

他好笑地看着我,耳朵根都红了。

"好啦,这是大冒险啦,看把你吓得……"他是怕我生气吗?还

第十章

是怕我当真了？也对，他平时就爱跟别人开玩笑，这一句告白，大概也是玩笑话吧。

我感觉很失落，又不能表达出来。我往他结实的后背狠狠地拍上一掌："你这句玩笑话太没有预兆了！"

莫晓枫啊，"我喜欢你"这句话，没有一个女孩子愿意被男孩子拿来当玩笑话说出口的，你明白吗？

一时无言，他重新骑车，只是速度比刚刚放慢了很多。

"对了，我下个月有个摄影展，你……你会来吧？"

我能明显感觉他的小心翼翼。

"我知道啊……"

"你知道？我还没跟其他人说啊！"他疑惑地问我，我尴尬地冲他后背吐舌头。我本来是不知道的，但"二十九岁的阳艺雪"告诉了我这件事，我一时忘了要假装是第一次听到他这么说。"我当然不知道啊，天啊，你太厉害了！终于梦想成真了！"

他难得露出羞赧的一面："也不是很厉害。"说罢从胸衣口袋掏出一张摄影展的票根，塞给我。

我捏着这张票根，看着很眼熟，总感觉我以前就见过这张票根。

"里面，可能会放一些我拍你的照片喔，所以啊，你最好要来看看。"

给19岁的我自己

我没料到他会这么说,莫晓枫他……是很在意我去不去他的摄影展吗?所以才故意这样说?还是说,他真的拍了许多我的照片,也一早就打算用在他的摄影展上面?

我内心满满地感动。

我捏着他的衣服下摆,张了张嘴,又不知道该怎么说。想起那个人给我写的信,又想起她让我阻止李沁前往莫晓枫的摄影展,我心头百感交集。

我想,李沁要是听到这个消息,也会像我这么兴奋吧?

"谢谢你给我摄影展的门票,我当然想去你的摄影展,我也能想象你把我拍得美美的,到时候我可能会当场哭鼻子喔……"莫晓枫听我这么一说,不好意思地低了低头。"可是,我不想刺激到李沁,她是我的好朋友,她那么喜欢你,所以,你能原谅我的缺席吗?"

一阵风无情地刮过,我忍不住缩了缩脖子。我看不见莫晓枫此时的表情,但我想,我的话一定是伤害到他。他把背挺得笔直,脑袋微微低垂着,短短的头发被风吹乱了。

"没关系啦!"

在我也不知道该说点什么打破这尴尬的沉默时,他忽然没头没脑地开口,声音很大,似在掩盖着他的难过。"以后还有机会的,不过你得记得,我会一直等你的。"

第十章

他这句话,说得很轻,却像承诺一样重。

我鼓起勇气,用尽我全身力气,紧紧地抱着他。

明知道他看不见,我还是对着他的后背点头。莫晓枫,有你这一句话,我已经心满意足。我不敢奢求什么,也不会奢望什么,我希望你永远开心,更希望你能做到任何你想做的事。

听说,莫晓枫的摄影展十分成功。

李沁以莫晓枫正牌女朋友的身份出席,被莫晓枫无情地赶了出去。我没有办法想象像李沁自尊心这么强的人,被莫晓枫当着所有人的面赶出去的时候,会如何地无助和难堪,但起码冬冬跟我说的是,李沁被莫晓枫赶出去以后,整个摄影展也算是圆满成功。

冬冬有点羡慕地说:"阳艺雪,你不知道莫晓枫把你所有照片都放大挂在展览的每一个角落,他一直都在等着你,可我们都找不到你,你不知道他没等到你,多失望啊!"

我无奈地笑了笑,没有说话。

其实我那天一直都在那里,我只是一直在展馆附近徘徊,我不敢进去,就算"二十九岁的阳艺雪"跟我说我必须去莫晓枫的摄影展,可只要一想到李沁……我就会觉得愧疚,虽然我明明白白跟她说过了,我不会逃避莫晓枫,可我也真的做不出来抢好朋友最喜欢的男生这样的事。

给19岁的我自己

我也有看到李沁哭着跑出来,她哭得多伤心啊,上气不接下气的,可跑了一会儿她就停在那里,我想她是在等莫晓枫追出来吧,然而,她眼巴巴地看着展馆门口,没有一个人追出来,就连一些平时跟她玩得很好的同学,都没有一个人愿意离开展馆。

我看到李沁这样,一阵心酸。

我终于忍不住走上前,李沁看到我,先是一愣,然后嘴角咧开一个恶毒的笑容。"阳艺雪,你怎么不进去?你不要看看晓枫为了你开了这一个摄影展吗?"

我那时没听明白她的话,疑惑地问:"什么叫作为了我开了一个摄影展?"

"你别在我面前装无辜!"她恶狠狠地推了我一下,但力气不是很大,我不至于摔倒在地。"展馆里面挂着的照片,统统都是你的照片!你知道这个展馆有多大吗?除了一个大的主厅,还有三个小的展览厅,你是在讽刺我吗?"李沁狠狠地哭着,脸上精心弄过的妆容都糊掉。"我才是他的女朋友啊,为什么他连我的一张照片都不放?放的却都是你的照片!走路的喝水的跑步的……就连晒衣服的照片也放!"

"李沁,够了!"我忍不住打断她。

她不可思议地看着我。

第十章

"不要再自欺欺人了行吗?"我知道这样说会让她更难受,但是我觉得再不说的话,她会无可救药。"莫晓枫从来没有承认过你是他的女朋友!李沁,醒醒吧!一直以来都是你自己自作多情啊!"

"你说什么?"

"我让你清醒一下……"

"你凭什么说我?你有什么资格说我?!"李沁急得红了眼,"我一直都把你当衬托!你竟然敢嘲笑我?"

她是因为莫晓枫才变成这样,就算她羞辱我,我也不能计较。

"李沁,我知道你是因为莫晓枫才故意这么说……"

她再次冷笑:"阳艺雪,你真傻啊,你以为你有什么优点啊?我之所以愿意跟你一起玩,就是因为你太平凡太普通!走到我身边能很好地衬托我而已!"说完,她像一只战胜了自己同类的孔雀,自以为骄傲地走出我的视线。

然而,她这一句话狠狠打击到我,我失神地看着她的背影,感觉我似乎不曾真的认识李沁。

我不知道她这张完美的面孔下到底藏着什么样丑恶的心思,也不知道她跟别人交朋友是不是都跟她刚刚所说的那样,纯粹是让别人衬托她而已;更不知道她还在背后对别人说过我什么样的坏话。

我只知道,托李沁的福,我的人缘变得很差,除了冬冬跟大猫,其他女孩子都已经不跟我说话了。

给19岁的我自己

冬冬见我一直发呆,握了握我的手,"其实,我跟大猫也收集了一些证据,证明李沁一直在说谎,她跟莫晓枫并没有在一起。"

我不知道冬冬她们是什么时候发现这件事,也没想过她们会这样做。毕竟,她们跟李沁的关系也不错。

"谢谢你们。"冬冬没有回答我,直接给我一个很扎实的拥抱。我们紧紧抱着彼此,我的眼泪默默打湿了她的衣服。

我无比感激冬冬,我知道说"谢谢"显得矫情,但除了这句话,我好像找不到别的词语能更好形容我现在的心情。

朋友,其实真的不需要很多,身边能有几个懂你的、珍惜你的人,已经是福气。

2017年12月24日。

我知道时间已不多。

眼泪沿着眼角无声无息地跌落,我也说不上来,这一刻我为什么会哭。

可能,是因为这栋装满我们所有人的青春和回忆的女三舍即将被夷为平地,也有可能,是我最后一次给过去的阳艺雪写信了。

最后一封信。

"你们都进去看看还有没有人没有出来的,仔细看啊!每一栋楼

第十章

每一间房都要看清楚!"

外面本来机械工作的声音还轰隆隆地响个不断,突然消停了,我隐约听见一队人浩浩荡荡地闯进来。

我已经抱着木盒子跑到李沁当年的床位。

谢天谢地,我竟然还记得具体的位置,虽然这里早就面目全非。

我把写好的信件放进木盒子,又跑出寝室,准备往阳台方向赶。

晓枫,你再给我多一点点的时间,这是最后一封信了。

可很不巧的是,我刚跑到走廊,就撞见拆楼的那一群人,他们看到这栋破旧的大楼还有其他人在,一脸的讶然。"小姐,你是做什么的?这里要拆了,你怎么还在这里?"他们一边说着一边冲我的方向跑来,没办法了,最后一封信我只能一边跑着一边潦草地写着,十九岁的阳艺雪,能不能看清楚这上面写的是什么,就看你的造化了!

女三舍的阳台已经一片荒芜。

没有了女生滴着水的五颜六色的衣物,没有了总是被风吹得饱满地飞起来的白色被单,也没有,那个总是像精灵一样抱着吉他浅唱低吟的莫晓枫。

一切都回不去了。

我把手上戴着的手链取下,连同刚刚在路上写下的信件一起放

给19岁的我自己

进木盒子……

　　木盒子合上的那一刻,我虚脱一样地喘大气。就好像我终于完成了一件特别神圣的事情,就算最后的结果是坏的,我也无怨无悔。

　　对我这种无趣的人来说,节日都是属于年轻人的,尤其像今天这种平安夜,但这一刻,我好想念从前的朋友,我应该试着主动约她们出来见个面吃个饭,一起感受一下节日的气氛。

　　晓枫,我也愿意重新为你展露笑颜。我真的可以的,你会看见吗?

　　"小姐,你可跑得真快……"两个工人气喘吁吁地跑到我面前,"现在请你跟我们下去吧。"我以为我会十分舍不得,但当这一刻终于来临,也没有舍得不舍得了,一些痛苦的回忆,随着年月的流逝和见识的增长,能够做到释怀已经很厉害了。

　　那么,十九岁的阳艺雪,接下来的事情,就麻烦你了。

　　2007年12月24日。
　　傍晚,视线尽头是一片火烧晚霞的美好景致。
　　冬冬跟我们谈论今晚要去哪里吃大餐的时候,寝室楼下忽然传来一阵骚动。我们扒拉着窗户把脑袋探出去、看下去,男生们用小蜡烛拼成一个巨大的心形,陈卫穿得很隆重的、双手捧着一束红玫瑰站在这个心形的正中。

第十章

他仰着头看向我们这扇窗户。

"冬冬,你的陈卫终于开窍了!"大猫碰了碰一脸呆滞的冬冬,冬冬隔了三秒钟以后反应过来,不敢置信地问:"你确定楼下这站着的人,真的是陈卫?"

大猫翻了一个白眼。

楼下的起哄声越来越大,我看见人群中的莫晓枫,他也正默默地看着我,我被他这种灼热的目光吓得不停后退,脚后跟碰到李沁那张早就空掉的床铺,出于本能反应,我回转身去……

李沁的床铺平白无故出现了一张白纸!

我一看纸上的字迹,就知道是"二十九岁的阳艺雪"写给我的!

> 你现在立刻赶去女三舍的阳台,李沁她自己一个人坐在那,如果再不快一点过去,她待会就要从阳台跳下去了!还有,跑的路上记得报警……我是你二十九岁的阳艺雪。2007 年 12 月 24 日 18:30PM。

我不明白李沁为什么会想不开做这样的傻事,但经过之前多次验证,"二十九岁的阳艺雪"是不会欺骗我的。

虽然,我跟"她"素不相识,也从未谋面,但在缘分一次次的

给19岁的我自己

牵引下,"她"让我慢慢变得自信也变得勇敢,"她"也让我跟我心中暗恋着的男生变得越来越亲近,如果这个世界真的有时空轮回这一说,我猜测,在另外一个平行时空里,那个二十九岁的"我",她一定是后悔着什么事情,她在不同的场景中借助着什么工具来回奔跑和写信,希望从我这里扭转乾坤,改变历史,而我,必须要努力做好她交代的告诫的一切,才不至于辜负这一场神圣的交流。

"喂,120吗?我这里是上海市圣新大学女生宿舍,你们快来救人啊!"

我也同样希望自己的所作所为,可以帮助"二十九岁的阳艺雪"啊!

距离阳台的小门越来越近。

最后几步我闭着眼直接跳过,推开小门的一瞬间,橘子色的霞光像海浪那样迎面涌过来。

李沁背对着我,坐在阳台的一角围墙。她的背影看起来落寞又美好,整个人快要被火烧一样的天空给融化掉,但我的心已经提到嗓子眼,她果然是想不开了!

楼下隐隐约约传来"回收冰箱、彩电、洗衣机……"的喇叭声,下一秒所有人都在哄堂大笑。

本来李沁还愣愣地坐在那,这样热闹欢快的笑声仿佛刺激她了,她用手撑开两边的围墙,慢慢站起来……

第十章

突然，她的动作又停顿了，她不知道看到什么东西，一直垂着脑袋没有任何动作。

她的背影在满天的红霞中微微发颤。

"李沁！！！"

我不能眼睁睁看着她做傻事！我几步跑过去，用力抱紧她的小腿，她回头，讶然地看着我。

我已经满脸泪水。

"你怎么会知道我在这里？这……"她的手有点颤抖，手上捏着的纸条只要稍不留神就会被风刮跑，我从她手上拿过纸条，这字迹那么熟悉，我怎么可能不认识？！我只是没想过，为了防止悲剧发生，"二十九岁的阳艺雪"还给李沁写了一封信。

　　李沁，抬头看看夕阳，低头看看你那些可爱的同学，世界这么美好，还有这么多人爱着你，千万别轻生，这样做太不值得了！我求求你！我是二十九岁的阳艺雪。2007年12月24日 19:00PM。

李沁整个人都懵掉了，我想，她一定觉得难以置信，其实，这个世界本来就无奇不有，别说我们这些普通人，就连伟大的科学家也解释不了很多现象啊！但这个人确确实实实出现了，并且，让我们

给19岁的我自己

都有所改变了。

这时我才发现,李沁手上还有一条已经失去光泽的水晶手链,我的手腕上也有一条,就是当初李沁送我的!

二十九岁的阳艺雪,我知道我没有办法亲自见你,因为我就是从前的你,你就是未来的我,可命运太神奇,我们在不同的时空交错中相遇,我无比感谢你来到我的世界,你的出现,真的拯救了我。

谢谢你……

我抬起手腕,李沁被我手上的东西吸引了过来。

是她送我的水晶手链,就算我跟她关系已经破裂,我也一直戴着,没有摘掉过。

她的掌心静静躺着那条失去光泽的手链,百思不得其解:"那这一条又是怎么一回事?"

我想,是"她"故意寄回来的。我明白她的一切用意!

"信你也收到了,我希望这是我们两人共同的秘密,不会有第三个人知道。"这一刻,我决定把"她"好好藏起来,也不打算对李沁说实话。"我还没查到恶作剧的人是谁,但这人超级神准,希望她可以给我下一期的中彩号码……"

李沁终于笑了,笑中带泪。

我朝她伸出手,她犹豫了一下,最后还是把手轻放我的手背,

第十章

跟着我走下来。

"你看，"我拿手指指着她的身后，"夕阳很美吧？"

最美不过夕阳红啊。

她仿佛重新看到生命的美好，眼睛盯着远处逐渐西沉的夕阳，很动情地点了点头。

"所以你知道我为什么总是喜欢上来帮你晒衣服了吧？"

李沁伸过手，轻轻握住我："对不起。""其实我才是该说对不起的那个人！"我笑着轻轻推了她一下，她问为什么。

"你那件维多利亚的秘密蕾丝内裤是我不小心弄破的……"

她一定是没料到我说的是这件小事，愣了几秒，然后夸张地大笑起来，皓白的贝齿像珍珠一样发光。

这一笑，轻轻松松抿了所有的恩仇。

我感觉我从前认识的李沁回来了。

那个漂亮的、高贵的、张扬的、自信的、当仁不让的圣新大学校花，尽管她曾经做过一些错事，走过一些弯路，但她本质不坏，也没有要害人的心。

楼下飘来救护车鸣笛的声音……

"发生什么事了吗？怎么有救护车？"李沁不解地问。

糟糕，是我打的电话！

给19岁的我自己

我紧紧拉着李沁的手,"我们快点下去吧!"我也对着她露出笑容,"陈卫准备向冬冬告白,这实在太难得了!我们不能错过!"

我牵着李沁,我跑在她的前面。

我没有回头看她,但她的脚步声一下一下敲击我的耳膜,让我感觉她紧紧跟着,从来不会走丢。

时光缱绻,仿佛回到那一天,李沁跟学生会的人遇到困难,江湖儿女气息浓重的我从混乱中把李沁救出,我拉着她杀出重围,她感激地看着我,我抹了抹汗,大手一挥说不客气,这没什么的。

"那,以后我们就是好朋友了!"还记得她当时汗津津的笑颜,还有拉着我的手的温度。

原来,我从来没有弄丢过她。她也一样。

我拉着李沁的手出现在其他人面前时,大家都惊呆了。陈卫终于借到一个好的喇叭,莫晓枫走了过来,他问:"你们……"

我跟李沁默契一笑:"嗯,和好了。"

莫晓枫张了张嘴,也许,他有很多疑问想提出,但我使劲冲他眨眼,他很快明白过来,这个时候,主角不是我们三个啦,是陈卫跟冬冬!

我们三个默默站在一边,陈卫紧张得喇叭都抓不稳,他滑稽地清了清嗓子,然后拿着喇叭对着我们203的寝室窗口大喊:"董冬冬

第十章

同学,我喜欢你很久了,你愿意做我的女朋友吗?"

"我,我考虑一下!"冬冬在窗口露出半张红透的小脸。

这小样儿,不是早就等这一刻吗,怎么人家陈卫表白了她就忸怩了?我走到陈卫耳边,让他冲上去203,他恍然大悟地点头,撒腿就跑。

十分钟以后,我们一帮同学都看见陈卫在203寝室的窗户旁把我们家冬冬给亲吻了!

男孩子们大声欢呼,保安大叔听到这边的声音开始走过来。

"阳艺雪,你好吗?"

莫晓枫的声音从我颈后飘过来,我不敢回头,其实,我在害怕什么呢,我没什么好怕的啊!

然而,我回头的时候,莫晓枫已经跟着其他男生跑走,保安大叔追在他们屁股后面。

莫晓枫回过头,调皮地冲我笑。他的笑容染上一圈儿金边,美好得不像话。

那一天的晚霞,是我见过的最难忘的一次。

我总感觉,"二十九岁的阳艺雪"不会再给我写信了。

我也说不上来凭什么如此笃定,但我的直觉就是这样告诉我的,

给19岁的我自己

不会再有未卜先知的信件,我以后的人生,完完全全地由我自己支配。

"艺雪,过来,我给你化妆!"

2007年12月31日,圣新一年一度的跨年晚会,所有人都因为这个晚会而忙碌起来,从早上开始,我还没醒呢,冬冬她们就已经起床倒腾着什么东西,我迷迷糊糊地也被她们叫起来。

然后,我感觉有一个人把我固定在椅子上,另外一个人开始对我的脸动手脚,第三个人当助手,只要给我化妆的那个人需要什么,她就像叮当猫一样把那件东西变出来。

我终于清醒过来。

"粉底跟口红已经帮你弄好了,现在我给你涂指甲油。"说话的那个人是李沁,另外一边,冬冬在认真地给我画眉,大猫在我身后烫我们几个人的晚礼服。

"不就是一场晚会而已吗,你们三个怎么弄得这么隆重?"

她们三个都笑而不语,仿佛一起藏着共同的秘密,就是不肯告诉我知道。

"艺雪,我还给你买了一双高跟鞋,晚会的时候你穿上吧!"李沁打开手边的一个精美的鞋盒,取出一双崭新的高跟鞋,颜色是我喜欢的水晶蓝!

好像有这么一句话:每一个爱美的女孩都一定珍藏一双高跟鞋。

第十章

鞋子的尺码是我的尺码，我不知道该对李沁说点什么，她却不在意地冲我笑。

然后，她弯下身，把我的两只脚慢慢放进这一双新鞋子里。

她的动作很温柔，让我有一瞬间忘了她是圣新的校花身份。

是啊，其实校花不校花又有什么关系，我跟李沁、冬冬还有大猫能同住一个寝室，就是最大的缘分！

"站起来，然后走两步吧！"

虽然，这一双新的高跟鞋真的很漂亮，可是我没有穿过高跟鞋……李沁不停地鼓励我，在她善意的目光下，我试着走了两步，脚崴了一下，她立刻扶住我。"没事，不要紧张，再多走走就好。"

说罢，她也换上一双自己的高跟鞋，在我面前示范怎么优雅地走路。冬冬跟大猫也在旁边围观。我还不太熟练用高跟鞋走路，但在李沁的帮助下，还是小有进步。

自从圣诞夜那天开始，李沁又搬回来我们203寝室，她也很诚恳地跟冬冬还有大猫道歉了，最后，她再次跟我道歉，我们冰释前嫌。

我发现啊，十九岁的年纪，真的刚刚好，在这个年纪里，你可以肆无忌惮地流泪，也可以毫无负担地奔跑，你可以满怀热情地去喜欢一个人，更可以把一个人连同他的一切完完全全像珍宝一样藏

给19岁的我自己

在心里不让别人知道,也许会遭到别人的批评和背叛,但只要心里释然,也可以做到轻易原谅。

我没有办法不喜爱我的十九岁,我在最美好的年华里,遇到一帮那么好的朋友,还有,那个他——莫晓枫。

"知不知道我们三个为什么都这么努力帮你打扮得漂漂亮亮的?"

冬冬最后帮我弄一次性的卷发,镜子中的阳艺雪真的有在变美,我用手碰了碰自己的脸,然后朝镜中焕然一新的自己吐了吐舌头。

"因为啊,我们想让你喜欢的那位英俊王子,也可以见到被精心打扮过的你啊!"我示意冬冬不要说下去,李沁还在寝室听着我们的对话。我心里打的小九九一下子被识破,李沁走过来,轻扶了扶我的肩:"没事儿,我以后只跟他做朋友。"

她说得云淡风轻,让我不禁怀疑,她只是在努力照顾我的感受。

"真的。"她俯身贴着我耳边说,"我也变成那种不跟好朋友抢男朋友的人了。"

我感到胸口一热,李沁她,看来真的彻底改变了!

"时间不早了,姐妹们,我们出发吧!Let's go!!"

李沁像杂志封面模特那样拗了一个很时尚的造型,她又故意冲我们仨搞怪,我们三个都忍不住笑歪了嘴!然后,她带着我们三个人,关门,锁好门,让我们挺胸收腹,注意检查彼此的衣服看有没

第十章

有不小心走光的。

做好一切准备功夫,我们几个人浩浩荡荡地出发了!

"哇哦,下雪了啊!"

真没想过2007年的最后一天,上海还是很给面子地下雪迎新,我跟着其他人一样欢呼和转圈,只是苦了李沁精心送我的晚礼服还有新的高跟鞋,我总觉得我不适合参加任何派对和舞会,还是穿自己的衣服比较自在跟随意呢。

2008年会怎么样呢,2009年呢,十年以后,2017年,又会怎么样呢!

"二十九岁的阳艺雪",2017年的12月31日,你在做什么呢?

夜幕越来越深,像有人故意拿了一桶油墨往天空泼上去,晚会在圣新的大礼堂举行,也进行得如火如荼。其实节目都比较简单没有新意,开场一定是艺术团的歌舞表演,随后就是小品、相声,还有老师们特意排了一出舞台剧,中间还穿插了两段没有看头的魔术表演,但因为今天是2007年的最后一天,台下看表演的同学们都看得很开心。

"阳艺雪,你要去哪里?"

我刚站起来伸懒腰,冬冬立刻把我按下去。"我去上厕所啊。""别去别去,快到最后一个节目了,看完再去!"她不由分说地

给19岁的我自己

抓紧我的手,怕我会逃跑一样。

  我正疑惑她干吗连厕所也不让我去的时候,全场的灯光蓦地一暗。
  周遭适时响起一片喧哗。
  谁都不知道发生了什么事,我还以为是突然停电了!
  漆黑中,一把清亮悦耳的男声像潺潺溪水那样流淌开来,没有灯光,没有音乐,他单人匹马选择最高难度的清唱,竟也无比动听。

> 还记得那一天　在那一天
> 你的倩影入了我的眼
> 不经意的一次遇见
> 竟生根发芽变成茁壮大树
> 想听你说你的故事
> 跟你聊小时候的糗事
> 也许我不是最好的
> 却愿意为你成为更好的人
> 在这夏末初秋的天气里
> 空气中弥漫着思念的因子
> 我好想好想告诉你

第十章

其实我一直一直喜欢你
……

大礼堂的天花板开始闪烁着什么东西，冬冬猛地拍我的手臂让我抬头看，我仰起脑袋，看到天花板上开始游移着星星点点的光，这些光点慢慢凝聚起来，成一片一片的星星。再之后，密密麻麻的星星越来越多，终于，变成一整片浩瀚的星空。

所有人都叹为观止。

我用力掐了自己的脸一下，好害怕这眼前的一切，只是一场梦而已！

"哇哇哇！"

耳畔又传来一声惊呼，我看到头顶上这些星星又开始移动，速度有点缓慢，但大家都很耐心地等着。

最后，这一整片星空汇集成七个字来：阳艺雪我喜欢你。

看到"阳"字的时候，我的眼泪已经先发制人地掉下来，一束高光从舞台上方直直地照向我，刺得我睁不开眼。莫晓枫的声音从舞台中央传来，隔着麦克风，却多了几分深沉的温柔。

"阳艺雪！"他特别紧张，明明手拿着麦克风，还是很大声地冲麦克风说话。"我经常取笑你很肉，其实你真的瘦得不得了！光棍节

给19岁的我自己

那天,我不是为了半价才要的情侣杯!还有用单车载你的那天,我也不是选的大冒险,而是真心话!我说了这么多谎,你还愿意跟我在一起吗?"

"说愿意!说愿意!"

同学们开始起哄,还伴着潮水一样热烈的掌声,我还是不太适应自己再次成为众人焦点的感觉。冬冬也在一边拼命扯我的晚礼服下摆:"阳艺雪,莫晓枫都做到这个分上了,你还犹豫什么啊?"

我张了张嘴,感觉自己再不从这里逃跑,会窒息而亡!

我尴尬地提起裙裾,踩着高跟鞋,艰难地拨开人潮,蹭蹭蹭地往大礼堂的门口跑过去。身后的躁动慢慢停息了,我终于跑到门口,赫然撞见李沁,她用嘴型对我说了两个字。

加油!

我站在门口,深呼吸,又深呼吸一口,终于慢慢转过身,面向离我最远,但我知道,他一直就在我心里的莫晓枫。

这一晚的他也是悉心打扮过,修身的白色西装白色西裤,头发理得很短,有着不一样的美感。

距离那么远,我没有办法看清他脸上的表情,但我想,他看到我莫名其妙地跑走,一定是很失望吧。

"莫晓枫!"这次,我再也不做缩头乌龟!我要成为自己的女主角,我也可以成为女主角!

第十章

"这个答案会很长,你准备好用一生的时间来听我说吗?"
全场一片静默。

莫晓枫愣了三秒,然后慌不择路地从舞台上跳下来。他朝我的方向跑过来,这一刻,大礼堂开始响起集体倒数的声音。
"10、9、8、7……"
莫晓枫兴奋得外套也脱下来了,随便丢给坐在附近的同学。
"6、5、4……"
他的脸距离我越来越近。
"3、2、1!"
他及时赶到,长臂一拉,我跌进他的怀抱里,他低头狠狠地吻住我!
"新年快乐!!!"
大礼堂的同学们都在振臂欢呼,2008年终于来到。
而我阳艺雪,也不再是可怜的单身狗了。

莫晓枫慢慢放开我,他深情地注视我,双眼闪着比头顶的星空还要亮的光芒,很小声很动容地对我说:"谢谢你答应我。"我摇摇头,"不,是谢谢你喜欢我。"
平凡的我……

给19岁的我自己

不自信的我……

畏畏缩缩的我……

不敢勇敢去追求真爱的我……

这样的我,你不仅不介意,还排除万难来到我身边,勇敢地牵起我的手,愿意陪我继续前往更多未知的路途。

"二十九岁的阳艺雪",你看到了吗?我跟莫晓枫终于有情人终成眷属了,你是幕后最大的功臣呐!

谢谢你,晓枫,你是"二十九岁的阳艺雪"派来我身边的,也是老天给我的最好的礼物。

我爱你。

第十一章

"莫晓枫,你为什么会喜欢我?"

跟晓枫在一起一段时间以后,我还是不太敢相信,现在这个牵着我的手、就算每天都见面但只要一分开就会主动给我打几个小时电话的男生,真的是莫晓枫!

有时候我会像其他小女生一样,拉着晓枫的手臂缠着他问他这种白痴一样的问题,他总说我傻,仿佛故意捉弄我似的,每次都只是笑而不语。

其实,爱情到底是什么?

我不止一次地提出这个问题,好像,我找不到一个人可以很好地回答我,但现在,我好像已经知道答案是什么。

这个答案其实很短。

爱情,不过就是你跟你所爱的人,相伴一生,白头偕老。

我问冬冬,结婚到底是怎么一回事,她无奈地冲我翻白眼:"你

给19岁的我自己

问这个问题,好像我结过婚似的!"

我升上研一的那一年,晓枫当摄影师已经是第四个年头,他的摄影师生涯也越来越顺遂,摄影展又办了几场,还有人出资让他到国外拍摄取景,而他每次只要有机会,都帮我跟老师请假,把我带上一起出国玩。

我们一起去过不少地方,东南亚走过泰国、越南、柬埔寨,欧洲那边也去了一些国家,法国、英国和意大利,晓枫最想去的地方是冰岛,他希望我们三十岁之前可以一块儿去冰岛过生日。

晓枫在我二十五岁的那年跟我求婚,我还记得那一天,天气很好,他瞒着我找来冬冬他们一帮好朋友帮忙,租下一个空场地,七八个人合力吹了几百个气球,还把我们从大学时候到现在的所有照片洗出来,一张张摆好。

晓枫骗我说还在国外工作,我不疑有他地跟着冬冬到现场,突然,冬冬不见了,身后的门也被关上,晓枫手捧大束鲜花出现。

然后,我看到那一枚我心心念念的钻戒。晓枫问:"艺雪,嫁给我好吗?"

我喜极而泣,说不出一个字,不停点头。

研究生还没念完就结婚,最震惊的当然是我的父母,我妈一直觉得我是那种直到三十岁都可能嫁不出去的人。我妈对晓枫是很喜

第十一章

欢的,她比较难想明白的是,晓枫这么英俊的一小伙子,怎么会看中她家这个笨女儿……

知道我们要结婚,我妈问我,考虑好了吗,我丝毫没有犹豫:"嗯!"

她始终不敢相信,我会这么早结婚,虽然现在只要法定年龄一到,男生可以娶妻,女生可以嫁人,但研究生还没读完就领结婚证摆酒的,还是比较少见的吧。

结婚前一晚,冬冬她们几个都在我房间陪着我,她们坚持要喝点儿酒,我没有喝,酒足饭饱以后,我们几个人躺到一块儿去。除了我,她们三个大学毕业以后就没再继续念书,我们四个人也好久没有好好儿一起聚过。

李沁跟我们说她最近遇到的一个年轻富商,对她穷追猛打的,她有点儿心动,但还是决定多花一点儿时间考验考验这个人;冬冬跟陈卫最近因为小事吵个不停,她跟我们不停抱怨,但说着说着陈卫的一个电话打来,她撇着嘴但脸上露出窃喜的表情,跑到一边去接;大猫说她现在已经把树洞整个搬到用户人数还不是很多的微博去,她隐约记得我当时告诫过她这件事,她直呼神奇,这个世界上还真的有"微博"这种东西……

我静静地听着她们说着自己各自的事情,心头涌现各种各样复

给19岁的我自己

杂的情绪，我们四个人依然那么好，关系依然那么亲密，可是明天以后，我就升格成为"人妻"，我的眼睛默默流淌出温热的液体，李沁是第一个发现我哭了，连忙捧过我的脸问我怎么了，是不是得了婚前抑郁症。

"去你的！"我又哭又笑地打掉她的手，"我是觉得太不可思议了！我明天就要嫁人了！"

"是啊，"李沁抱了抱我，"我们家艺雪明天就要嫁给莫晓枫了！"

"所以啊，今晚我们通宵聊天吧！"冬冬挂完电话，雀跃地跳到我的床上来，"明天我们仨，一起亲自把艺雪送到莫晓枫手上去！"

这一刻，我觉得没有人比我更幸福了，最好的朋友就在身边，最爱的人也在身边，我才只有二十二岁，就已经收获那么多的幸福，老天，你这是太优待我了吧！

然而……

通宵聊天的后果是……

"糟糕，现在几点了？！"

我们四个人心急火燎地起床，爸爸妈妈在门外已经拍了很久的门，他们说婚车已经在来的路上，冬冬她们三人不停跟我道歉，然后三个人合力把我塞进去那一件华丽的白色婚纱。

"阳艺雪，你最近是不是变胖了？婚纱穿在你身上都严重走形

第十一章

了!"冬冬不满地抗议道。

"哎哟,我不是拿的眉笔吗,怎么变成铅笔!"李沁也有粗心大意的时候,只是……你这家伙怎么可以拿铅笔帮我描眉!

我以为大猫是最镇定冷静的,当我们手忙脚乱穿好衣服穿好鞋子准备开门迎接我人生的下一个阶段时,她突然毫无节操地喊了一声 STOP!

"怎么了?"我们三人回头,面面相觑。

"刚刚太混乱了,我忘了穿内衣!"

"……"

结婚啊,到底是一种什么样的感觉?

有一些人一辈子都惧怕婚姻,觉得婚姻是坟墓,宁愿一直自由,也不愿被那一张证书束缚;有一些人却一直期待婚姻,觉得婚姻神圣又美好,愿得一人心,白首不相离。

而我单纯地认为,只要遇到了对的人,结婚不结婚,其实都不太重要,不过就是一场形式。

但其实,我也是期待婚姻的。

每一个女孩子从小都一定会有一个新娘梦,穿华丽的漂亮的婚纱,被挚亲牵着手步入教堂,然后走到自己最爱的男子身边,听神父宣读誓词,彼此真诚地说出"我愿意",然后交换戒指,在神父和

给19岁的我自己

亲友的见证下深深吻着对方,完成这么一场仪式。

简单又隆重。

我何其幸运,没有走多少弯路,就能遇到可以厮守一生的爱人,我们以后的生活也会平淡如水,但平平淡淡才是真,不需要太轰轰烈烈,只要能一直陪伴对方,也是一种细水长流的幸福。

当爸爸牵着我的手把我带到晓枫身边的时候,早上的一切混乱都消失不见,我眼前的这个男人,以后将会是我的整个世界、我的整片天空。"晓枫,我女儿以后的幸福,就交给你啦!"老爸偷偷转过脸擦掉眼泪,晓枫哽咽着肯定地回答他:"爸,我会的!"

我跟晓枫面对面时,我看过无数次的这张脸,依旧用我熟悉的最深情缱绻的目光注视我,就好像我们前不久才在圣新的校园里遇到,前不久他才当着很多人的面跟我表白一样。

"莫晓枫,你是否愿意娶阳艺雪为妻,按照《圣经》的教训与她同住,在神面前和她结为一体,爱她、安慰她、尊重她、保护她,像你爱自己一样。不论她生病或是健康、富有或贫穷,始终忠于她,直到离开世……"

"我愿意!"神父无语地看了晓枫一眼,慢吞吞地把"……界"给补上。

"阳艺雪,"神父把脸转向我,"你是否愿意嫁莫晓枫为夫,按照

第十一章

《圣经》的教训与他同住,在神面前和他结为一体,爱他、安慰他、尊重他、保护他,像你爱自己一样。不论他生病或是健康、富有或贫穷,始终忠于他,直到离开世界。"

我慢慢地看向身旁的晓枫,无比坚定地说:"我愿意!"

"好的,"神父继续下一个步骤,"现在请你们双方交换戒指。"

我们交换好戒指,我察觉晓枫的手有点儿颤,他慢慢掀开我的头纱,然后我看见他轻轻松了一口气。

"我终于,娶到你了。"

"不对!"我扬起嘴角,笑着跟他说,"是我终于嫁给你了!"不等他回应我,我踮起脚,伸长脖子,豪气地把他的脑袋摁下来,然后吻上他的唇。

耳畔传来雷鸣一样的掌声。

晓枫背着我、在所有人无比艳羡的目光中走出教堂。

我感觉教堂的门被人打开的一瞬间,我只看到通透的光亮,那一束光,照到我跟晓枫的身上,是幸福的光芒。

我忽然想起很久以前的某个深夜,他喝得烂醉,我痛苦地背着他走回去学校,那时候我还很郁闷地冲他吼:"莫晓枫,以后换你背我!"他那时醉得不省人事,一定没听见我的话,没想到新婚的这一天,他真的做到了这件事。

幸福，原来真的不是童话书里才有的，现实生活中，只要你敢、你愿意、你尝试，你也会有一天得到幸福。

跟晓枫结婚以后，我感觉时间过得飞快。

就像是别人平时说的，只要过了十八岁的生日，以后人生的日子像流水一样飞速淌过，时光也会变成沙漏，伸手徒劳去抓也留不住任何。

冬冬和陈卫也在我跟晓枫结婚后不久领了结婚证，他们两个人从各自父母手上借了一点钱开始创业；李沁终于通过自己设下的考核期跟年轻富商交往，她还把他带到我们面前来，说实话，年轻富商长相真的很普通，但看得出来他对李沁很好很细心，我们私下也对这个人一致好评；大猫自己一个人到北京打拼，她本来在学校的时候就有很好的电脑和网络基础，他们公司很器重她的技能，让她专门负责微博营销……

研究生毕业以后，我本来想出去找工作的，然而……

我的肚子里突然有一个惊喜的小生命，这确实是一个意外，我跟晓枫都没有料到，但既然它来了，我们也欣喜接受！

八个月以后，我跟晓枫的儿子出生了，我们给他取名叫莫子谦，我们都叫他莫莫。

只是，谁也没有想过，命运往往造化弄人。

第十一章

2015年,晓枫定期做全身检查的时候,被医生查出他的肺部有一块阴影,他起初不敢告诉我,要不是有一天我准备帮他洗衣服时顺便翻了一下他的口袋,看到那张医院检查单,我都不知道他会瞒我瞒到什么时候。

那天我特意让晓枫妈妈把儿子带到他们家玩,第二天才去接她回家。

等晓枫忙完工作回来,我们关上房门,很心平气和地谈了一晚上。

"现在医学那么发达,一定可以治好的。"我没有遇过这样的事,也不知道该怎么安慰晓枫,这几年,我们忙着照顾儿子,做很多事情都是为了儿子,却已经好久没有两个人静下心来聊一下天,或者两个人好好出去玩几天。"只是肺部有阴影,也许是良性的呢……"

晓枫木然地摇了摇头:"今天我去医院了,检查结果出来了。"

他不再说话,但神情无比沮丧。

"是恶性肿瘤。"

就像是一个巨大的雷一直停在我头顶上方,它一直悄无声息的,只等着这一刻给我来一场巨响,砰——这个响雷来得太突然,我感觉整个人要炸得血肉模糊——而明明,这个雷并没有打到我,我还是完好无损的。

给19岁的我自己

晓枫的病我们只敢跟自己家里人说，我们共同的同学和朋友一概不知，我们不放过任何一个就医的机会，我每一次都陪晓枫去大医院检查跟治疗，可癌细胞扩散的速度太快了，医生都说除了吃药跟做化疗，根本没有任何可行的办法能够根治可怕的癌症！

"当然，病人跟家属也要保持积极的心态，这样也有助于病情。"

晓枫变得越来越沉默，他慢慢减少最爱的摄影工作，到后来，他决定放下一切工作好好治病。偶尔他会坐在椅子上发呆，发很久的呆，谁都不敢走过去跟他说话，我也不敢，更不知道他到底在想什么。他总会自己好起来，恢复尴尬的笑容跟我说话，娴熟地抱我，仿佛什么都没发生过一样。

李沁跟冬冬好几次打电话约我出来喝茶，都被我生硬拒绝了。有时候只有我自己一个人在房间的时候，我才敢小声地哭，不敢让年纪还小的儿子听见，更不敢被晓枫发现，从前为了儿子忙前忙后，现在为了晓枫的病跑前跑后，只希望老天有一丁点怜悯之心，不要把这个世界上我最爱的男人给无情带走！

莫莫两岁生日的那一天，我跟晓枫都精心给他办了一场派对，可晓枫在派对开到一半的时候突然晕倒，小王子哇哇地大哭大叫着，我的心悬在一线，我的手在颤抖，我努力叫自己镇定一些，然后隐忍着巨大的悲痛打电话叫来救护车，然后陪着晓枫一起去医院。

第十一章

因为晓枫的病,他没有办法总是陪儿子,他总是缺席儿子的成长,为此他一直很愧疚,而儿子也不知道爸爸到底生了什么病,他无数次睁着无辜的眼睛问我:"妈妈,爸爸怎么又不吃饭了?"长时间的化疗让晓枫没有办法好好吃饭,会经常呕吐,而且身体严重消瘦,早就没有当年圣新校草时光芒万丈的模样。

这次,晓枫的病没有任何侥幸,医生下了病危通知书。

晓枫醒来后用仅存的意识对我做了一个嘴型,我跟他夫妻多年,其实不用看嘴型,都知道他心里想什么。

"我们,回家。"

晓枫说,他最难过的事,是没有办法陪我一起慢慢变老,也没有办法好好陪着儿子一起长大。"我还放你鸽子了,三十岁前一起去冰岛过生日,完成不了……"

我拿热毛巾给他擦身,擦手,擦脚。我强颜欢笑:"这个时候还说这些做什么,你能来到我身边啊,就是最好的事情。"

他已经没有力气,每天只能痛苦地躺在床上,面容雪白虚弱,我偶尔也给他念一段小说,陪他说话,但更多时候,我们都各自沉默,只要他眼珠子眨一下,我就知道他需要我。

这一天我收拾家里的旧物时,在一个很老旧的纸箱里翻到多年

给19岁的我自己

以前"二十九岁的阳艺雪"写给我的信件,其实,我快要完全忘记这件事了,忘记这件事真真实实地发生在我身上过,晓枫生病前,我的人生过得太幸福了,幸福得没有任何理由再去想起这样的事情来。

我重新一封一封信翻看起来,读到最后一封时,眼角的泪控制不住地跌落,把这些泛黄的信纸打湿了。

"二十九岁的阳艺雪",你当初一定是因为错过接受晓枫而追悔莫及,后悔了十年吧?所以写下这些信交到我手上,教我怎么做,让我跟他最后有情人终成眷属,而我现在恍然大悟,这一次的命运是这样神奇,我跟晓枫是在一起了,可是他最后还是要离我而去,时间,也刚好是十年。

但我起码拥有过他十年最幸福的时间。

我并没有错过他呢,只是,我也留不住他啊!"二十九岁的阳艺雪",对不起,我对不起你……我没有办法留住他……我抱着这些信纸,难受地半蹲在地上,哭得肝肠寸断。

回到房间的时候,我看到晓枫忽然下了床,他赤着脚不知道想走去哪,我一惊,连忙走到他身边扶他坐在床沿:"你下床干什么?"

他很久没有见我发火,尤其是,我刚刚哭过。

第十一章

"没什么……"他看到我红润的眼,轻轻抿了抿唇,"我看天气很好,想走到窗台边晒一下太阳。"

我扶着他走到窗台边,今天的太阳真的很好,他安静地坐着,我坐在他旁边,却无心享受这温暖的阳光。

对我来说,现在每一天都像活在冰冷的地窖里一样。

见我一直不说话,晓枫以为我生他的气,他又慢慢自己一个人走回床沿去,然后翻了个身,侧躺着。我慢慢走过去,坐到他旁边,紧紧握着他冰凉的手。"晓枫,我想跟你说一件事儿。"

他有点诧异,可能是我语气太严肃了。

"嗯,你说吧。"他温柔地注视着我,一如往常。

我不知道我是怎么跟他开始说起那一件事的,我很久没有说这么长的话,一开始语言组织得不太好,说话颠三倒四的,晓枫的精神状态也不太好,但他忍耐着一直听着我说,当我说到那些泛黄的信件——我并不打算拿给他看——的时候,他的眼瞳因为吃惊而微微放大,我不知不觉加大抓住他的手的力度,直到看到他微不可闻地倒抽一口气的时候,我才十分内疚地松开手。

"你是说,你是因为收到一个自称是'二十九岁的阳艺雪'的人给你写的信,你才慢慢靠近我,最后勇敢承认自己的心意,才终于答应跟我交往?"

我眼含热泪肯定地点头。

给19岁的我自己

"给我写信的人,她当初错过了你,所以希望我不要再一次错过你。"

我不知道是什么时候睡过去的,等我醒来,我发现自己一直趴在晓枫的身上。我很久没有好好睡一觉了,我看到晓枫一直温柔地注视着我,他的眼神却越来越迷茫,也许,在我睡着的这一段时间,他想了很多事情吧。

关于我跟他之间的种种往事。

他拿手轻轻摩挲我的头发,我想跟他说点儿什么话,张了张嘴,又不知道从何说起。"艺雪,你好久没下厨了,"突然,他虚弱地开口道,"今晚下厨好吗?我想跟你还有儿子一起吃一顿饭。"

我喜出望外,晓枫好久没有胃口吃饭了!听到他这么说,我仿佛也来了精神:"好,我现在就去市场买菜。"

"嗯,"他悠悠地看向窗外的景致,"我有点困,先睡一下,你弄好了记得叫醒我。"

我给晓枫妈妈打电话,让她早点去幼儿园接儿子回家,今晚我要做很多菜,因为晓枫难得有胃口吃饭,打完电话我已经来到菜市场,我好久没逛市场了,一时间也不知道该买什么回去。但我还是记得晓枫爱吃的菜,他喜欢吃鱼,那就买点酸菜跟鱼,做他最爱的

第十一章

酸菜鱼，他还喜欢吃排骨，醋溜排骨也来一道？我看看，还要买点什么呢，儿子平时喜欢吃什么呢，天啊，我突然忘记儿子喜欢吃的菜了！现在都是由他奶奶带着，我也很久没有跟他好好吃过饭了。

我提着一堆乱七八糟的菜回去，把菜放好后，我回去房间，我轻声敲门，晓枫没答应，我自己推开门走了进去。

他安安静静地睡着，侧脸优雅动人，他眼睛紧紧闭着，嘴唇抿成一条线。我俯下身，贴着他的耳朵说："晓枫，我今晚给你做你喜欢吃的酸菜鱼。"

他一点儿反应都没有。

这家伙，这次睡得很熟的样子，我也有点乏了，躺到他身边去，轻轻抱着他，不知不觉又睡过去。

我听到一阵呼天抢地的哭喊声。

有人拽我的胳膊，有人推我的后背，有人大声叫唤我的名字，我被迫睁开眼，我家父母和晓枫父母都眼睛红润地看着我。"爸妈，你们怎么了？"

"晓枫他走了……"

什么？他们说什么？

"你知不知道你刚刚抱着晓枫睡觉的时候，他已经离开了……"

他们到底在说什么？他们是在跟我开玩笑吗？晓枫走了？我去

给 19 岁的我自己

买菜之前他还好好的！他只是困了去睡觉而已，他英俊但暴瘦的脸依然有温度啊，他指节分明的手指也有温度啊，他长而浓密的眼睫毛也在微微闪动……

我像一个快要溺水而亡的人，死死地抓着他枯瘦的手臂，上气不接下气地哭，其实，我知道的，我知道晓枫已经走了……我只是不肯承认这个事实，我只是以为我睡一觉起来，他也会跟着好起来……

一切都过去了。

我这辈子最爱的男人，还是离我而去了。

2017 年，11 月 1 日。

这一年，我终于满二十九岁了。

这一天我起了个大早，其实我一点儿睡意都没有，但我知道我必须睡一下，不然我的脸拿再多的化妆品扑脸上也遮盖不了那憔悴。儿子也醒了，他被奶奶带去穿好黑色的小西装，我也没有花多长的时间就穿好衣服。

今天是晓枫的追悼会，我跟晓枫父母都商量过，追悼会一切从简。我一身肃穆的黑色礼服，手臂缠上一圈黑纱，我还是往脸上打了一点儿粉，让气色看起来好一点，最后，我往苍白没有血色的嘴唇涂上大红色的口红——晓枫很不喜欢我化妆的，他觉得我素颜的时候很

第十一章

自然和可爱——但现在他看不到了,他也没机会跟我发脾气了。

我带着三岁的儿子上了一辆出租车,他们其他人都已经去了追悼会现场。我好像是故意放慢了自己的时间一样,其实我并不是不着急,我只是……徒劳地想拖延一下时间,但追悼会是下午两点开始,我再怎么拖,也是得去。

我已经没有办法用任何悲伤的词语来形容这一刻的心境。我紧紧拿着手机,怕有人打来问我怎么还没到现场,又害怕它会一直这么尴尬地安静着。儿子伸手夺走我的手机,手机屏幕上是我跟他还有晓枫一家三口的合影,那时候我们是去台湾玩的,晓枫还没检查出有肺癌,我们一家人都很幸福地对着镜头笑着……

"妈妈。"

忽然,儿子小声地叫了我一声,我揉了揉他软软的头发,想冲他笑,又笑不出。"爸爸说过,如果想哭就不要憋着,现在他不在了,你跟我哭吧,我是不会笑你的。"

我感觉身体一震。

我的儿子,因为他爸爸去世得早,他变得无比懂事和乖巧,我这么一个大人,还需要他这么一个小朋友来安慰。

晓枫啊,可是我还是很想你啊,我该怎么办呢。

给 19 岁的我自己

脑海里闪过各种各样十九岁时跟晓枫相遇相知的画面，他教我骑自行车时我摔到他身上，他给我取了新外号叫"肉丸"；我们 203 寝室跟他们男生 201 一起去酒吧喝酒，晓枫喝醉了还要我背着送他回寝室，他却对我唱起那首专门给我写的歌……太多太多的回忆了，还有我们结婚的那一天，我像个女汉子一样把他脖子抱住主动亲他的嘴唇，我的生活里都是他，他也变成了我的一切，所以，我该用多长时间去适应已经没有他的生活。

"妈妈，我们该下车了。"

儿子打开车门，率先跳了下去，我慢慢下了车，拉着他的小手，一步一步往前走。

我跟晓枫妈妈给晓枫的葬礼选在户外举办。

他们很多人已经站在那，一直等着我的出现，每个人脸上的表情都很沉重。我对所有等待的人委了委身，希望他们不要介怀我的故意迟到。

晓枫妈妈早已哭成泪人。

"艺雪，你来讲话吧。"晓枫妈妈的声音也已沙哑，我了然地点头，在众人复杂的目光中走到固定的麦克风前。我明明在来的路上积攒了很多话，也在前几天打了一份草稿，可现在，我又有新的话想说。

第十一章

我轻拍了拍麦克风,然后一只手扶着麦克风的杆子,以此获得一些力量。

"很感谢今天各位能百忙中抽空参加晓枫的追悼会,曾经有人问过我,如果还能重来,我还会不会跟晓枫在一起?如果我跟你们说,其实,我已经重来过了呢?"

众人吃惊地看着我,是啊,他们应该觉得我是因为太伤心了所以说出这种莫名其妙的话吧。

我继续淡定地说下去:"我在十九岁的时候遇到晓枫,在那一年,出现了一个人,她给我造梦让我追求幸福,那个人,不知道你今天在不在这里呢,但我还是要在这里,代替晓枫一起感谢您。"

"艺雪,你没事吧?"冬冬忍不住走上来拉我的手臂,我没有恼怒她这样的举动,只是轻轻推开她。"没事,你等我把话说完。"她不放心,只能继续站在我身边。

"正是因为你的鼓励,我才意识到幸福不存在犹豫,有机会就要勇敢作选择!毕竟,生命只有一次,遗失的美好也不可能再捡回来,老天或许一早安排了结局,但生命的过程中,我们永远有权利选择精彩。即使这样的精彩只有十年,我已经此生无憾,我相信晓枫也是一样的……"

我看到许多人都哭了,我也忍着鼻酸,轻轻抽了抽鼻子。

"我相信,对每个人来说,幸福的含义其实就是'珍惜在一起的

给19岁的我自己

时候',不论他在我身边,还是在天边,感谢他,也感谢各位!来过我还有我们的青春……"

说完这段话,仿佛用尽我一生的力气,我对所有人深深鞠躬,然后,我慢慢地合上眼,努力仰着脑袋,天空依旧灰沉沉的,可我感觉晓枫此刻就在天上看着我,他化身成头带光环的天使,在某一个我看不见的角落里,始终如一地、深情缱绻地注视着我。

我用手托着耳朵,想最后一次聆听他清亮悦耳的声音:

"艺雪,我始终跟你们同在……"

晓枫,我们永远怀念你。

后 记

2013年，12月底。

四川境内，茶马古道。

下过雪的四川异常寒冷，放眼望去仿佛整个世界都是一片银装素裹，此时的茶马古道却静悄悄的，鲜少有人经过，一对男女穿着奶白色的情侣羽绒服依偎着走过，地上留下两人大小不一的一串脚印。

莫晓枫跟阳艺雪到川藏度蜜月，阳艺雪问他，为什么度蜜月要来川藏公路，是不是以前就想到这个地方来。

当时，莫晓枫的反应有点儿奇怪："也不是……我总觉得，我好像来过，但我明明记得我是第一次到川藏公路茶马古道。"

阳艺雪也不追究他说的话，她愉快地挽着他的手，把脑袋靠到他肩膀上："没关系，只要跟你在一起，去哪里度蜜月都一样开心。"

莫晓枫很感动，伸手揉了揉妻子的秀发："老婆，你真好。"

莫晓枫像看见什么东西，牵着阳艺雪的手走向街道的转角处。

给19岁的我自己

一个满脸灰白胡子的藏族老人闭着眼静静坐在那,他的脸被冻得通红,头上戴着一顶当地特色的毛线帽。

他的面前摆着一个小摊,并不是什么特别新奇的东西,相反的,都是一些很老旧的物什,有一些甚至积满尘垢。

莫晓枫跟阳艺雪同时伸手拿起那个老旧的木盒子。

两人朝对方看了一眼,有点儿不好意思,又有点儿说不出的尴尬。老人抚弄着脸上的胡子,好笑地看着他们这一对新婚夫妇。

"你们是来度蜜月?"他看到他们手上一样的戒指。

"嗯。"莫晓枫微微纳闷地道,"奇怪,我总觉得这个木盒子很熟悉,像在哪里见过一样。"

"咦,我也有这样的感觉……"

他们又深深看了看对方,然后又一起看向老人,老人但笑不语,不再说话。

"算了,我们还是回去吧。"是阳艺雪说的话,莫晓枫一向听她的话,即使还有点不解,还是不打算探究。"嗯,走吧。"

老人始终面带微笑目送这两人慢慢离去。

一阵萧索的风无情地刮过,老人始终维持着原本的姿势坐在那里,他满脸的胡子被吹得歪向一边。

一串新的脚印落在雪上。

后记

一个英俊的年轻男子阔步走到老人面前。

他看上去很斯文，鼻梁上架着一副细边眼镜，寒冷的天，他依旧穿一身妥帖的挺括西装。随后，他礼貌地对老人点头微笑，老人慢慢睁开眼，也回了他一个极浅淡的笑容。

男子也是一眼就看中这个老旧的木盒子，他弯身把木盒子拿在手上。

他细细观察着这个木盒子，尤其一直用手抚摸着木盒子表面的精细木纹，越看越觉得爱不释手。

"老伯，这个木盒子怎么卖？"见到自己喜欢的东西，他一向不作过多犹豫。

老人意味深长地笑笑，摇头："不是什么值钱的东西，你看着给吧。"

这人的嘴角慢慢弯起一个弧度，笑容的弧线越来越大，仿佛中了大奖一样开心。

等到这人已经走远，他掏出钱包时不小心落下的名片依旧静静躺在老人的脚边。

老人从始至终没有再睁开过眼睛。

雪地上的那张名片，三个黑色楷体字仿佛闪着光一样，但谁也没有在意那三个字组合成的名字是什么——

王子喻。

图书在版编目(CIP)数据

给 19 岁的我自己/黄朝亮,汤琰,恋上一滴泪著.
—上海:上海社会科学院出版社,2017
ISBN 978-7-5520-1727-4

Ⅰ.①给… Ⅱ.①黄… ②汤… ③恋… Ⅲ.①长篇小说-中国-当代 Ⅳ.①I247.5

中国版本图书馆 CIP 数据核字(2017)第 010638 号

给 19 岁的我自己

著　　者：黄朝亮　汤　琰　恋上一滴泪
责任编辑：冯亚男　王晨曦
封面设计：周清华
出版发行：上海社会科学院出版社
　　　　　上海顺昌路 622 号　邮编 200025
　　　　　电话总机 021-63315900　销售热线 021-53063735
　　　　　http://www.sassp.org.cn　E-mail：sassp@sass.org.cn
照　　排：南京理工出版信息技术有限公司
印　　刷：上海望新印刷有限公司
开　　本：890×1240 毫米　1/32 开
印　　张：10
字　　数：184 千字
版　　次：2017 年 7 月第 1 版　2018 年 6 月第 2 次印刷

ISBN 978-7-5520-1727-4/I·225　　　　　定价：36.80 元

版权所有　翻印必究